Anton ist Arzt in Kreuzberg, mit Sorge sieht er, wie seine Mutter, die in der niedersächsischen Provinz lebt, gegen eine schnell fortschreitende Demenz kämpft.
Jedes Jahr schickt sie ihm und seinen Freunden Erdbeermarmelade nach Berlin, aber in diesem Jahr hat sie die Erdbeeren in ihrem Garten vergessen. Anton erkennt, wie seine Mutter ihm Stück für Stück verlorengeht, und mit jeder ihrer Niederlagen verschwindet ein Teil seiner eigenen Existenz. Dann trifft er Lydia und findet nach Jahren des Alleinseins jemanden, mit dem Liebe möglich zu sein scheint. Aber Lydia bringt eine Vergangenheit mit, die in beider Leben mit Vehemenz einbricht.
In diesem vielstimmigen Roman gelingt Katharina Hacker das einfühlsame Porträt von Menschen, die zurückblicken müssen, um weitergehen und die zweite Lebenshälfte gestalten zu können. Selten ist so eindringlich über den Verlust einer Welt und den Gewinn einer neuen geschrieben worden.

Katharina Hacker, geboren 1967 in Frankfurt am Main, studierte ab 1986 Philosophie, Geschichte und Judaistik an der Universität Freiburg. 1990 wechselte sie an die Hebräische Universität Jerusalem. Seit 1996 lebt sie als freie Autorin in Berlin. 1997 debütierte sie mit ›Tel Aviv. Eine Stadterzählung‹, es folgten der Erzählungsband ›Morpheus oder Der Schnabelschuh‹ und die Romane ›Der Bademeister‹ und ›Eine Art Liebe‹. Anschließend erschienen der Roman ›Die Habenichtse‹, für den sie 2006 den Deutschen Buchpreis erhielt, der Gedichtband ›Überlandleitung‹ sowie die Romane ›Alix, Anton und die anderen‹ und ›Die Erdbeeren von Antons Mutter‹; zuletzt erschien ›Eine Dorfgeschichte‹.

Weitere Informationen, auch zu E-Book-Ausgaben, finden Sie unter www.fischerverlage.de

Katharina Hacker

Die Erdbeeren von Antons Mutter

Fischer Taschenbuch Verlag

Veröffentlicht im Fischer Taschenbuch Verlag
einem Unternehmen der S. Fischer Verlag GmbH,
Frankfurt am Main, April 2012

Satz: Dörlemann Satz, Lemförde
Druck und Bindung: CPI – Clausen & Bosse, Leck
Printed in Germany
ISBN 978-3-596-18763-8

Der kleine Garten, ein Acker eigentlich, der früher, in Antons Kindheit, ringsum an Felder gegrenzt hatte, jetzt an weitere Vorgärten stieß, nur an seiner Rückseite ins Freie überging, war umgegraben, die Erde sah frisch aus, vereinzelt stakten Gräser hervor, an einer Stelle war ein großer Löwenzahn gewachsen, und nahe am Zaun drängten sich die weichen Blätter von Beinwell.
Muß raus, brummte Helmer, der Bauer, der inzwischen eine kleine Gärtnerei betrieb. Das wächst, da haben Sie keine Vorstellung von! Er bückte sich, grub mit den Fingern, riß drei der langen Wurzeln aus. Immer das gleiche, wird man nie wieder los.
Anton stand neben ihm und blinzelte in das diffuse Licht.
Wie alt sind Sie jetzt eigentlich? fragte Helmer.
Dreiundvierzig, antwortete Anton.
Na auch schon. Und keine Kinder, und die Schwester immer noch in Amerika?
Immer noch, sagte Anton.
Da haben Sie für Ihre Eltern ja Zeit.
Ich bin Arzt, wandte Anton ein.

Paßt doch. Helmer schaute zu ihm, in seinen Augen mischten sich Kummer und ein freundlicher Spott.

Erst die Erdbeeren, sagte Anton.

An den Sträuchern, die in kleinen, schwarzen Töpfchen darauf warteten, wieder eingesetzt zu werden in die Erde, hingen schon grüne Früchte. Helmer schüttelte den Kopf. Anton wollte in zwei Wochen wiederkommen, und dann wieder zur Ernte.

Wässern kann ich sie Ihnen, heute und morgen, daß ein paar angehen. Stroh können Sie hintun nächstes Mal, sagte Helmer. Ist gut gegen die Fäule. Und gegen Schnecken. Viel werden wird das aber trotzdem nicht.

Sie war so unglücklich, sagte Anton. Sie kennen doch meine Mutter. Immer gefaßt. Aber diesmal hat sie geweint am Telefon, weil sie vergessen hat, die Erdbeeren zu pflanzen.

Und was wollen Sie ihr weismachen?

Daß es nicht zu spät ist. Daß sie es nicht vergessen hat.

Ob es richtig war, mit einer Lüge jemanden zu trösten oder glücklich machen zu wollen? Er würde seiner Mutter vorschlagen, in den Garten zu gehen, um nach den Erdbeeren zu schauen. Ihre Angst spürte er, eine Unruhe, die sich verbarg, immer wieder aufbrach, mit einem erschrockenen Reflex.

Er hatte sich zu Bett gelegt, als sie in sein Zimmer kam.

Anton?

Er sah im unregelmäßigen Licht der Straßenlaterne, die, von einer Weide halb verdeckt, vor dem Fenster stand, ihr Gesicht. Es sah männlich aus. Grobe, obenhin zusammengesetzte Flächen, scharf voneinander abgesetzt, nur die Augenpartie war verschwollen.

Mein Kind, sagte sie. Er kam sich groß vor. Da er schnell gewachsen war (mit dreizehn war er schon einen Meter achtzig groß), hatten seine Eltern ihm zum zwölften Geburtstag ein Erwachsenen-Bett geschenkt, auf das er stolz gewesen war. Das erste Jahr, bis zu seinem dreizehnten Geburtstag, war großartig, sein Zimmer war das Zimmer nicht eines großen Jungen, sondern eines jungen Mannes. Er hatte sich so danach gesehnt, ein junger Mann zu sein. Er war ein guter Sportler, ein Schwimmer und Basketballspieler, von seiner Schwester verehrt. Von ihren Mitschülerinnen, zwei Jahre jünger als er, verehrt. Sein Haar war hell, im Nacken und an den Schläfen gelockt. Wenn er Fotos von damals sah, staunte er selbst, was für ein hübscher Junge er gewesen war.

Dann wurde er dick. Keiner konnte sich erklären, was geschah. Seine Mutter war verzweifelt.

Die Kleider paßten in der Länge, denn er wuchs nicht mehr so rasch, sie waren aber alle eng und bald zu eng.

Sie nahm ihn mit einkaufen, sie fuhren zusammen nach Braunschweig. Sie nahm ihn mit, während sie all die Jahre zuvor für ihn ohne weiteres ausgesucht hatte, was ihm gefiel.

Sein Bund mit der Welt war zerfallen.

Kam seine Mutter mit einer Tüte von P&C, zog er sich in sein Zimmer zurück. Er legte sich auf sein Bett, aber auch das Bett verriet ihm den Verlust. Er hatte die harte Matratze geliebt, die präzise, kühle Berührung an seinem fast mageren Körper. Jetzt ließ sich nicht mehr bestimmen, wie er auflag. Er verschwamm, er fand sich nicht mehr. Auch nicht im Auge seiner Mutter. Sie erkannte ihn selbstredend, doch in ihrem Auge las er Unruhe und Verwirrung. Nicht er, sein Körper entfernte sich von ihr.

Als seine Mutter sich zu ihm an den Bettrand setzte, spürte er an seinem lange schon wieder schlanken Körper genau die neue Verteilung des Gewichtes. Er schaute sie an.

Das Gesicht eines Mannes, herb und unzugänglich. Sie seufzte. Mein Junge, murmelte sie leise. Ich mache mir solche Sorgen um dich.

Anton lag still, er war verlegen.

Du solltest heiraten, sagte sie. Ich bin hier so alleine. Und dein Vater ist keine große Hilfe.

Sie streichelte Antons Hand.

Deine Schwester, sagte sie plötzlich, ist noch so klein, ich habe immer Angst, daß sie aufhört zu atmen.

Caroline? fragte Anton. Er sah, wie seine Mutter den Kopf wiegte.

Morgens, wenn ich in ihr Zimmer gehe, liegt sie so still da. Dein Vater auch, übrigens.

Übernächste Woche komme ich wieder, sagte Anton, und bald können wir die Erdbeeren ernten, dann komme ich auch.

Wo sind die Erdbeeren?

Draußen auf dem Acker. Antons Augen hatten sich an das Licht gewöhnt, er sah, wie flach das früher widerspenstige Haar seiner Mutter jetzt an ihrem Kopf anlag, so daß er größer und kantiger erschien.

Seine Mutter nickte, murmelte etwas, dann sagte sie lauter, der Acker, den haben wir gekauft, damit euch nichts zustoßen kann, wenn es nichts zu essen gibt. Den Acker müßt ihr immer behalten, versprichst du mir das?

Aber ja, Mama.
Sie beugte sich zu ihm, er dachte, sie werde ihn auf die Stirn küssen, statt dessen sank ihr Kopf bis auf das Kopfkissen. Dann schreckte sie hoch, sie stand hastig auf.
Gute Nacht! Sie sagte es, als sie schon an der Tür war. Anstatt hinauszugehen, blieb sie jedoch, wo sie war, einen verstörten Augenblick lang, tastete die Tür hinauf und hinunter, unsicher anscheinend, was sie suchte.
Er war erleichtert, als sie hinausgegangen war und ihre Schritte sich entfernt hatten. Als Kind war das der ängstlichste Moment gewesen. Von Caroline, die doch im Nebenzimmer schlief, hatte er tatsächlich meist keinen Laut gehört. War seine Mutter den Flur entlang und wieder hinuntergegangen, ins Wohnzimmer, wo sein Vater vor dem Fernseher saß, ein Buch in der Hand, nachdenklich in sich versunken, weder lesend noch auf die Bilder, die sich vor ihm bewegten, achtend, dann bedeutete die Stille, daß Anton verlassen war von allem, was ihm Trost hätte gewähren können. Später, als erwachsener Mann, alleine in einem zu großen Bett liegend, hatte er sich gefragt, welche Einsamkeit die größere war, die des Kindes, das in Tränen ausbrechen wollte und es nicht wagte aus kluger Furcht, dem größten Schrecken zu begegnen, nämlich der Untröstlichkeit. Oder die Einsamkeit des Mannes, die endgültig schien. Und auch eine Art der Untröstlichkeit war, mithin.

Am nächsten Morgen fand er den Frühstückstisch für Vier gedeckt. Der Schrecken traf ihn unvorbereitet. Dann fragte er sich, wer fehlte. Caroline? Oder Lydia?

Neben dem überflüssigen Teller lag eine Papierserviette, an seinem Platz eine Serviette aus Stoff mit dem alten silbernen Serviettenring.
Seine Mutter kam lautlos herein, während er den Tisch betrachtete. Oh! rief sie aus. Habe ich jemanden vergessen?
Er drehte sich zu ihr. Alles Herbe war aus ihrem Gesicht verschwunden und verlegener Liebe gewichen. Ach, sagte sie, bist du alleine gekommen? Ich dachte, du bringst deine Freundin mit.
Das nächste Mal vielleicht, antwortete er. Für wen ist denn der vierte Teller?
Der vierte Teller? Sie schaute zum Tisch und zu ihm zurück.
Nach dem Frühstück wollte ihn sein Vater ein Stück begleiten. Zum Bahnhof vielleicht, sagte er, und holte seinen Mantel aus dem Schrank, obwohl es warm war. Ja, zum Bahnhof und wieder nach Hause, wiederholte er. Sie standen in der Haustür nebeneinander, sein Vater war jetzt kleiner als er, sie sahen einander aber ähnlich, Anton hatte silberblondes, sein Vater weißes Haar, Antons Mutter schaute sie verwirrt an. Wilhelm, sagte sie dann. Ja, Hilde, sagte er. Die beiden Männer gingen durch den Vorgarten davon.
Anton hatte seinen Vater am Arm gefaßt, sie drehten sich um und wollten winken, als seine Mutter aus dem Fenster etwas rief, Anton! Anton! Lachend hielt sie ihren Arm mit seiner Tasche durchs Wohnzimmerfenster. Du hast etwas vergessen, du hast deine Tasche vergessen! Sie verschwand, einen Moment später tauchte sie in der Haustür auf, sie lief ihnen entgegen wie eine junge Frau, ihr Mann fing auch an

zu lachen und Anton auch, du hast etwas vergessen! riefen seine Eltern und umarmten ihn noch einmal zum Abschied. Wilhelm legte seine Hand auf die Schulter seiner Frau. Jetzt bleibe ich bei dir.
Bringst du mich nicht zum Bahnhof? fragte Anton.
Ach ja, sagte Wilhelm. Du mußt ja zum Bahnhof.
Und sie gingen ein zweites Mal los. Es waren nur zehn Minuten bis zum Bahnhof, man konnte gerade noch die große Tanne im Garten seiner Eltern sehen.
Weißt du, wie du nach Hause kommst? fragte Anton seinen Vater.
Ja, sagte sein Vater ruhig. Er schaute Anton in die Augen, als könnte er herauslesen, was er verloren hatte. Der Zug näherte sich, hielt.
Willkommen in Calberlah! tönte es aus dem Lautsprecher.
Anton stieg ein, sein Vater stand zu nahe an der Lichtschranke, die Tür konnte sich nicht schließen, der Bahnwärter rief in den Lautsprecher, nun geben Sie doch endlich die Türen frei!
Du mußt zurücktreten, Papa, sagte Anton.
Ach ja? fragte sein Vater ironisch.
Die Türen, sagte Anton. Sonst geht die Tür nicht zu.
Könnte der Herr freundlichst einsteigen oder einen Schritt zurücktreten? rief der Bahnwärter aufgebracht. Er kam aus dem Schaltraum gelaufen.
Papa, bat Anton. Der Bahnwärter nahm seinen Vater am Arm und zog ihn weg, die Tür schloß sich. Papa! rief Anton noch einmal gegen die Scheiben. Aber sein Vater sah ihn nicht, aufgebracht wehrte er sich gegen den Bahnbeamten,

der ihn nicht loslassen wollte, aus Angst, der Mann könnte gegen den Zug stürzen.
Dann war nichts mehr zu sehen, denn der Zug fuhr an und gewann rasch an Fahrt.

Alix hatte er in sein Elternhaus mitnehmen wollen, seine Busenfreundin, die Frau seines Freundes Jan. Jan, Alix, Bernd und er, das war es, was gegolten hatte, seit Jahren. Alix hatte zugestimmt. Sie hatte ihn vergnügt angeschaut und aufmerksam, sie hatte gefragt, warum er nicht seine neue Liebe, seine frische Freundin Lydia mitnehme, ob sie zu dritt fahren sollten. Bernd hatte auch angeboten, ihn zu begleiten, er hatte auch gefragt, warum Anton nicht Lydia mitnehme?
In Lydia war er hineingerannt. Schlank war Anton zwar noch, mager war er nicht mehr, er hatte in den letzten Monaten zugenommen, mit seinem größeren Gewicht, mit der Geschwindigkeit, einer Art Schubkraft, die ihm neu war, hatte er eine Radfahrerin umgerannt, das war Lydia gewesen. Unachtsam war er auf den Fahrradweg gelaufen. Schnell und achtsam hatte er zugegriffen, so daß er das meiste ihres Sturzes abfangen konnte. Um so härter war er gestürzt; nicht einmal Bernd hatte er gestanden, daß er wegen der Blutergüsse und des verletzten Steißbeins tagelang nicht schlafen konnte. Ohne Schmerzen hätte er allerdings ebensowenig geschlafen.
Seine Hoffnung und die Erinnerung an ihren Anblick hielten ihn wach, ihre brüske, freundliche Art, ihr Zorn, der sie nicht hinderte, neugierig zu sein, erst zu langsam, dann etwas zu schnell, hatte Lydia gesagt und sich aus seinen

Armen gewunden. Dann hatte sie sich Zeit genommen, ihn zu mustern, während er, seine Schmerzen verbergend, sich mühsam aufrichtete und aufstand, verblüfft über ihr Gesicht, das trotz der Jahreszeit ein bißchen bräunlich war, so daß ihre eigentlich dunklen Augen hell wirkten, eine Art Violett, in Kontrast zu dem kastanienbraunen Haar.

War sie schön? Sie war schön, nicht wie Alix es war, aber schön. Vielleicht harscher als Alix, lebhafter noch.

Sie war schlank, aber nicht grazil, auch ihr Körper wirkte herb, es war schwer vorstellbar, wie sie mit zwanzig oder dreißig Jahren ausgesehen haben mochte. Er wollte es auch nicht wissen, dachte er, ein wenig verlegen. Sie hatte dies Alter erreicht, dachte er, damit er ihr begegnen könnte als die, die er brauchte, eine Frau, die ihre Lebensmitte erreicht hatte, die seinen Blick teilen konnte. Was genau er zu sehen vermeinte, konnte er nicht ohne weiteres erklären. Etwas sah er aber, ganz ohne Zweifel, und in der ersten Nacht, die sie miteinander verbrachten, in dem Gefühl von glücklicher Aufregung und Erleichterung auch, daß er endlich sie gefunden hatte, in dieser ersten Nacht lachte er und sagte, es sei ein Stück von Gott, ein Stück Tod, ein Stück Hinfälligkeit auch und die größte, gespannteste Neugierde, etwas, das ihn schier zerriß, so viel Glück, und jede Berührung ließ ihn erschauern. Er würde sie beschützen. Er würde für sie alles tun, mit Schrecken empfand er, daß er zu ihrem Glück sogar von ihr lassen würde, wenn es besser für sie wäre. Denn sie hatte Zweifel. Sie hatte eine Tochter, sie war in ihrem Leben glücklich geworden, jetzt, alleine. Und sie war Kollegin, Allgemeinärztin, die, wie er auch, beschlossen hatte, in diesem Teil Kreuzbergs zu bleiben, stets darum kämpfend, daß genug Geld blieb, in den Kindergartenferien zu verreisen. Ihre Eltern hatten eine kleine Wohnung für sie gekauft, als Rachel zur Welt gekommen war, drei Zimmer, in die einstweilen Anton nicht eingeladen war, und Lydia machte keinen Hehl daraus, daß es lange dauern würde, bis er zu ihr nach Hause kommen dürfe. Rachels wegen. Ihretwegen auch.

Was ihr geblieben sein mußte, dachte er, als er versuchte seine Chancen abzuwägen, was geblieben sein mußte, war der Glaube daran, geborgen zu sein. Oder der Glaube, weiterzuleben, nicht nur zu bewahren, was jetzt ihr Leben war. Nichts war seiner Erfahrung nach stärker als die Gewißheit, längst selber für die Geborgenheit anderer zu sorgen, von anderen aber derlei keinesfalls mehr zu erwarten.

Anton fragte sich, ob er recht daran täte, in Lydia zu wecken, was sie wahrscheinlich nur mit Mühe aufgegeben hatte. Und mußte er sie denn beschützen? Könnte er sie nicht auf eine andere Weise lieben? Doch sein Wunsch war übermächtig.

Wenn er nicht arbeitete, wenn er nicht eine Mail an Lydia schrieb, wenn er nicht bei Jan und Alix war oder mit Bernd ausging, malte er sich ein Haus aus, das er für sie kaufen würde. Ein Haus mit einem Garten, damit Rachel darin spielen könne und später mit ihren Freundinnen in einer Hollywoodschaukel sitzend plaudern, ein bißchen abseits, ungestört von ihrer Mutter und ihrem Ziehvater.

Rachel liebte er auch schon, er hatte ein Foto von ihr lange angeschaut, staunend und unruhig, daß sie seine Tochter werden könnte.

Sie könnte ein Zimmer haben mit Fenstern in zwei Richtungen.
Und Lydia würde für sich ein Schlaf- und ein Arbeitszimmer mit einem eigenen Bad haben. Um keinen Preis würde er sie bedrängen.
Aber sie würde nach Hause kommen abends, sie würde die Tür öffnen, beruhigt und heiter, sie würde wissen, es wäre da jemand, der sie um jeden Preis beschützte.
Und ihr Leben würde sich verändern, um das Leiseste und Zarteste. Wenn sie es so wollte.
Er durfte sie in nichts drängen. Sie zu seinen Eltern mitzunehmen, dazu war es zu früh.

Die Anrufe seiner Mutter waren immer unerwartet. Dachte er daran, daß sie sich wohl melden würde, tat sie es nicht.
Dann klingelte, in der Praxis und in der Sprechstunde, das Telefon. Anton erwartete, Alix' Stimme zu hören.
Die Stimme seiner Mutter war rauh, ein bißchen matt, man hörte ihr an, daß sie sich nicht sicher war, mit wem sie sprechen würde, auch dann noch, wenn sie seinen Namen schon ausgesprochen hatte, Anton. In ihrem Mund ging sein Name verloren.
Anton, sagte sie aus der andrängenden Dunkelheit, in der sein und seiner Schwester Name die vorletzten Grenzlinien sein würden.
Er stand vor dem Regal mit den Kompressen und Wechselverbänden und mußte ein Zittern unterdrücken, unsichtbar überlief ihn ein Schauder, und die Empfindung quälte ihn, daß er mit seiner Mutter in einer Dunkelheit lief, in der sie beide einander verloren gingen, es war ein Raum der Leere,

ohne ein Licht, ohne einen Halt, ausgefüllt von Verwunderung und Entsetzen, so daß er sich fragte, was sie jemals miteinander verbunden hatte. Sie war seine Mutter. Er war ihr Sohn. Was für eine Liebe konnte ihnen helfen, diese bittere Zeit zu überstehen?

Denn sein Herz schlug schneller, wenn er ihre Stimme hörte, auch das war die Wahrheit. Im Spiegel seines Arztzimmers sah er sich stehen, einen groß gewachsenen Mann, dessen blonde Haare im ersten Moment darüber hinwegtäuschten, daß er nicht mehr jung war, die besten Jahre, wie eine ganz junge Arzthelferin in altmodischer Wendung einmal gesagt hatte, hinter ihm lagen.

Ich wollte zur Post gehen, sagte seine Mutter ins Telefon, aber ich habe vergessen, daß ich erst das Paket packen muß, und ich finde die Gläser nicht.

Welche Gläser, Mama?

Die Marmeladengläser, es ist doch längst Zeit, dir neue Marmelade zu schicken und deinen Freunden auch.

Mach' dir keine Sorgen, Mama, sagte Anton. Ich glaube, ich habe sogar noch zwei Gläser Quittengelee, davon kann ich Alix eines abgeben. Dann hast du Zeit bis zum Sommer!

Ist noch nicht Sommer, es ist hier so heiß? fragte seine Mutter.

Noch nicht, sagte Anton.

Dein Vater, sagte sie, möchte, daß du zu Besuch kommst.

Ich war doch gerade erst zu Besuch.

Ja, aber das ist schon eine Weile her.

Nächstes Wochenende komme ich. Anton hörte im Hintergrund die Stimme seines Vaters, sie wurde lauter, sie klang brüsk, wie er sie als Junge gefürchtet hatte, jetzt hörte er aber in der harschen Anweisung ein Zögern, die Angst, man könnte ihm nicht gehorchen, er hörte, daß sein Vater nicht wußte, wie er um etwas bitten sollte.

Ich komme, sagte Anton, ich komme nächste Woche.

Du meinst, am Freitag?

Nicht diesen Freitag, Mama, ich komme die Woche drauf.

Es gab ein Geräusch, das wie ein Seufzer klang, der mit der Hand gedämpft wurde, ein müder Atemzug, dann hörte er, wie seine Mutter sich mit der Hand durch die Haare fuhr.

Doktor Weber! Er hörte die Stimme Nurays, seiner langjährigen Arzthelferin. Wir brauchen Sie hier mal!

Ich rufe euch morgen an, dann machen wir genau aus, wann ich komme, sagte Anton und legte auf, ohne eine Antwort abzuwarten. Nuray lächelte ihn mitleidig an, als er sich bedankte.

Es war kindisch, doch immer, wenn die Tür der Praxis aufging, während er im Vorzimmer stand, um ein Rezept zu unterschreiben oder die nächste Patientenakte zu holen, hob er den Kopf in der verrückten Hoffnung, es könnte Lydia sein, die eintrat. Sie war nie bei ihm gewesen. So sah er, wie der etwa Fünfzigjährige eintrat, ein kleiner, schmaler Mann, das graue Haar stoppelig kurz geschnitten, sein eigentlich feines Gesicht aufgebracht und beherrscht zugleich, es sah aus, als hätten Kummer und Einsamkeit abgenutzt, was freundlich gewesen war.

Sind Sie der Idiot, der in meine Freundin reingerannt ist?

Doktor Weber, stellte Anton sich vor. Wer ist denn Ihre Freundin?

Der Mann schaute sich suchend um. Ihr Fahrrad ist kaputt!
Nun, das hat mit uns hier nichts zu tun, sagte Anton vorsichtig.
Haben Sie keine Augen im Kopf? fuhr der Mann ihn an.
Hören Sie mal, mischte sich Nuray ein, das ist hier kein Fahrradladen.
Ihr feiner Chef hat sie auf der Straße umgerannt! Er zeigte auf Anton. Dann zog er etwas aus der Jacke.
Paß auf! rief Nuray und zog Anton zurück. Es war aber kein Messer, es war ein Foto, daß der Mann Anton über den Tresen zuschob, das unscharfe Foto einer jungen Frau mit rotbraun gelockten Haaren, die zusammengesunken an einem Tisch saß.
Ist das Lydia? fragte Anton.
Der Mann ließ das Foto nicht los.
Sie heißt Stefanie, sagte der Mann. Seine Augen blickten mißtrauisch auf Anton.
Jetzt kommen Sie erstmal in mein Zimmer, sagte Anton.
Der Mann schaute weg und zog das Foto zu sich heran.
Stefanie, sagte er noch einmal, in seiner Stimme zitterte etwas.
Ja ja, nun erklären Sie mal alles genau, beschwichtigte Anton und hielt ihm die Tür auf. Er wunderte sich, daß der Mann seiner Aufforderung folgte, und obwohl er fast zwei Köpfe größer war, fühlte er sich in die Enge getrieben.
Die kenne ich nämlich mit ihrem Kind, sagte der Mann und ging an ihm vorbei, er setzte sich nicht, sondern stellte sich dicht an den Schreibtisch.
Setzen Sie sich, bat Anton.

Nein, brauche ich nicht. Sie fassen die Frau nicht an, hören Sie!
Aber ich bin gar nicht sicher, daß wir dieselbe meinen!
Anton spürte sein Herz klopfen. Ich kenne eine Frau, die rotbraune Haare hat, sie ist aber älter, sie heißt Lydia.
Sie heißt Stefanie und Lydia, sagte der Mann, er richtete sich auf. Und das Kind ist nicht von Ihnen, nur daß Sie das wissen!

Bevor Anton abends die Praxis verließ, rief er Nuray an, die längst nach Hause gegangen war. Nuray, heute nachmittag, was war das für eine Figur?
Meinst du den Mann? fragte Nuray.
Ja, was wollte er?
Aber du hast doch mit ihm geredet?
Er hat nur gesagt, daß er die Frau auf dem Foto kennt. Und ich bin nicht sicher, ob es wirklich Lydia war, sie sah so anders aus.
Wird sie schon gewesen sein, meinte Nuray. Du solltest sie jedenfalls fragen, wer das ist.

Er solle, war Lydias mageres Angebot gewesen, abends anrufen, sobald er die Praxis verlassen habe, sie könne dann entweder den Anruf entgegennehmen oder auch nicht, im Falle, daß sie mit ihrer dreijährigen Tochter Rachel beschäftigt sei oder Hausbesuche mache, und Anton war unklar, wann sie nach Hause ging, es mußte doch, mit einem so kleinen Kind, ihr Leben regelmäßig sein; er rief sie zu Hause an, konnte sie aber nicht erreichen. Vielleicht ging sie nicht ans Telefon. War er zu Hause, nahm er jeden Anruf entgegen: Es waren so wenige Anrufe, das Telefon klingelte selten, sein Herz klopfte jetzt, wenn es klingelte. Manchmal war es nur eine Umfrage.

Sie aber rief ihn nicht an.

Und obwohl er stolz darauf gewesen war, als einer der letzten kein Handy zu haben, kaufte er sich in einem Laden auf der Wiener Straße ein Nokia für zwanzig Euro und eine Karte, die er sofort auflud für fünfzig Euro. Er ließ sich von dem Ladenbesitzer, einem stämmigen, unfreundlichen Mann, eine SMS schreiben, in der er Lydia seine Telefonnummer mitteilte. Sie hatte ihn gebeten, möglichst nicht auf dem Handy anzurufen, das sie nur angestellt hatte, wenn ihre Tochter im Kindergarten war.

Er wartete vergeblich, daß sie ihn anriefe. Dann gab er Alix und Bernd die Nummer. Alix rief ihn als erste an, am nächsten Mittag.

Zwei Mal hatte er bisher Lydia eine Postkarte geschickt, in ihre Praxis.

Am Abend darauf summte sein Handy, es war kein Anruf, sondern die erste Mitteilung:

Neun Uhr, Möbel Olfe oder San Remo Upflamör?

Er wollte sie zu sich einladen. Warum mußten sie sich erst in einer Kneipe treffen?

Schließlich tippte er ungelenk: *Defne?*

Und er hatte Glück, sie kannte das türkische Restaurant am Kanal, wieder summte das Handy, er las *Ok*.

Ab viertel vor neun Uhr wartete er. Er lief das Planufer auf und ab. Die Böschung war voller Papier und leerer Dosen und Zigarettenstummeln, der Dreck deprimierte ihn, auf dem dunklen Wasser des Kanals schwammen zwei

Schwäne, von der Admiralsbrücke hörte man Stimmen und auch Musik. In einem parkenden Auto saßen zwei und zankten sich. Er spähte nach den Gesichtern, die er hinter der Glasscheibe, auf der sich die Kastanienbäume spiegelten, nur undeutlich sehen konnte, gerade so viel sah er, daß auf dem Fahrersitz eine Frau mit dunklen, lockigen Haaren saß, die ihn an Alix erinnerte, aber ihre Stimme war brüchig und zornig, und der Mann, so viel konnte Anton erkennen, ähnelte in nichts seinem Freund Jan, er hatte eine dunkle Mähne und war kräftig, vermutlich auch nicht so hochgewachsen wie Jan.

Anton ging ein paar Schritte zurück zum Defne, drei der Tische auf der Terrasse waren besetzt, er überlegte, ob er einen Tisch reservieren sollte und verwarf den Gedanken, Lydia kam noch immer nicht die Straße entlanggelaufen, er kehrte um, die beiden im Auto waren lauter geworden, dann schrie die Frau auf, es war ein leerer, trauriger Schrei. Anton drehte sich alarmiert um. Von der anderen Seite des Kanals hörte er Kinder rufen. Er schaute hinüber. Zwei Polizisten, die vor der Synagoge patroullierten, unterhielten sich mit zwei Jungen, die auf Einrädern balancierten, sie schienen zu lachen.

Als er sich umdrehte, sah er, der Mann war ausgestiegen und entfernte sich eilig. Im Auto rührte sich nichts.

Er meinte, weiter entfernt die Haare Lydias aufleuchten zu sehen, sie kam aber immer noch nicht, er mußte zu dem Auto gehen und nachfragen, ob die Frau darin Hilfe brauche, er drehte sich um, es war schrecklich zu warten, und die Angst war schrecklich, daß etwas passieren konnte, nach all den Jahren, die er gewartet hatte, die Sehnsucht war wie ein

Fremdkörper, und er fürchtete, daß die Fremdheit bleiben würde, selbst wenn er Lydia im Arm hielt, und es konnte ihr etwas zustoßen.

Das Auto war ein silbergrauer Ford Focus. Die Beifahrertür war angelehnt. Er beugte sich hinunter, zog sie auf, im ersten Moment sah er die Frau nicht, sie war hinuntergerutscht, sie hatte den Sitz zurückgeschoben so weit es ging, sie lag fast, ihr Gesicht war sehr ebenmäßig, sehr weiß, und Anton griff nach ihrem Handgelenk, er setzte sich auf den Beifahrersitz. Der Puls war kaum zu spüren, aber die Frau atmete ruhig, und dann schlug sie die Augen auf, ohne daß sich sonst etwas bewegte in ihrem Gesicht, sie schien Anton genau zu betrachten, er fürchtete, sie werde ihn sogleich beim Namen nennen, doch sagte sie kein Wort, und er begann zu reden, er fragte sie, wie sie heiße, er fragte, ob es ihr gut gehe, ob sie verletzt sei, sie sagte nichts, schaute nur stumm weiter in seine Augen, nicht zu verzweifeln war schwer, nicht zornig zu werden. Hör mal! rief er schließlich aus, ich bin verabredet! Er schaute aus dem Fenster. Dann drehte er sich wieder zu ihr.

Wenn du nicht gleich etwas sagst, dann gehe ich und schicke die Polizei, daß sie auf dich aufpassen! Sie lächelte, und er wollte sich aufrichten und aussteigen, es waren ja nur ein paar Schritte über den Landwehrkanal hin zur Synagoge, wo die Polizisten auf und ab gingen und sogar froh über Abwechslung sein mochten, ihr Kopf bewegte sich, als wäre er nicht gut befestigt, sie wiegte sich, als könnte sie sich selbst in den Schlaf wiegen, er wußte nicht warum, ihm stiegen plötzlich die Tränen in die Augen. Shit! sagte er. Dann stieg er aus. Er mußte die Polizisten benachrichtigen.

Nach zwei Schritten sah er erst, daß Lydia auf ihn zukam, das Haar zurückgebunden, er sah, wie fein ihre Augenbrauen gezeichnet waren, sie lächelte nicht, er ließ sich von ihr umarmen.

Als er mit ihr zum Auto zurückkehrte, war der Fahrersitz leer, Anton atmete auf, er sah dann aber, wie die Frau davonging, mit Schritten wie auf Zehenspitzen, schlingernd, dabei so leicht, daß es ihn schmerzte, sie zu sehen, er hörte nicht, was Lydia sagte, er sah die Fremde davongehen, ihm war, als sähe er seine Mutter, wie sie davonging, schlingernd, aber doch auch mit leichten Schritten; so also entfernte sich jemand endgültig, und er wußte, daß die Krankheit seiner Mutter ihm das Herz brechen würde. Sie entfernte sich ja schon, ihr Gesicht hatte schon zwei Teile, er wußte plötzlich, daß sie bald nicht mehr seine Mutter sein würde, daß die eine Hälfte ihres Gesichts nicht mehr zu seiner Mutter gehörte und er nicht mehr zu ihr, er würde, dachte er, sie auch nicht mehr sagen hören, was so lange der Grund seines Lebens gewesen war, das ist mein Sohn, und mehr noch: das ist mein Kind, und seine Replik – meine Mutter – war wie die Nachahmung einfachster Laute gewesen, fast etwas wie Gezwitscher, eine Amsel in diesem, eine in jenem Gesträuch, Ruf und Antwortruf, das war, dachte Anton, die Grundlage von allem, danach kamen erst Frage und Antwort. Bist du da? Ja, ich bin da. Bist du auch da? Ja.

Lydia, rief er leise. Und Lydia, die ihn verstand, sagte seinen Namen, ein Mal und noch ein Mal, und nahm seine Hand.

Am nächsten Morgen wählte er, da er als erster in der Praxis war, Alix' Nummer. Sie mußte lachen, als sie seine Stimme hörte.

Anton! rief sie. Du klingst so fröhlich!

Es war so nett, erzählte er ein wenig später zum zweiten Mal, wie sie meine Hand genommen hat, verstehst du?

Nuray öffnete die Tür, hinter ihr sah Anton die ersten Patienten. Ich komme heute abend zu euch! sagte er zu Alix, heute Abend, ich bringe Wein mit.

Im Treppenhaus fing jemand an laut zu reden, es klang zornig und vorwurfsvoll auch, und plötzlich rief der Mann einen Befehl. Danach war es still. Anton hatte nicht verstanden, was der Befehl gewesen war. Er lief empört und beunruhigt zur Tür, um den Störenfried zu tadeln, und als er ihn sah, von hinten, wie der Mann am Fenster stand und hinunter schaute auf den Hinterhof, nichts weiter als ein dünner Rücken in einer Camouflage-Jacke, eine schwarze Hose dazu und ein schwarzes Käppi, wußte Anton, es war der kleine Mann mit dem Foto. Lydia hatte er nicht gefragt, ob sie ihn kannte, er sah, als der Mann sich umdrehte, daß er sie nicht fragen mußte. Das Gesicht war gesammelt, nüchtern wie das eines Gestorbenen, er schaute auf Anton, als wollte er sagen, ich habe es nicht anders erwartet.

Da sind Sie ja wieder, sagte Anton. Sie können hier nicht rumschreien, das stört mich.

Von drinnen hörte er Nuray mit einer alten Patientin sprechen, geduldig und freundlich, wie Nuray fast immer sprach, es gab zwischen Sanftmut und Zorn, dachte Anton, letztlich kein Zwischending. Denn Sanftmut war nicht der Ausdruck eines geglückten Temperaments, Sanftmut war (wie alles, was ernsthaft war) eine Entscheidung. Entscheidungen waren fragiler und fester zugleich, und Anton konnte sich nicht durchringen, sanftmütig zu sein.

Der Mann aber, in seinem Zorn, war es doch, auf eine unheimliche Weise sanftmütig.

Entweder Sie erklären mir, was Sie von mir wollen, oder Sie hauen ab.

Ich haue ab, verkündete der Mann ernsthaft. Und ich komme wieder, werden Sie sehen, ich lasse Sie nicht aus den Augen. Sie wissen gar nichts. Aber ich habe Sie gestern beobachtet, mit der Frau im Auto.

Hören Sie, fuhr Anton auf. Entweder Sie kommen rein oder Sie verschwinden. Er ließ den Mann stehen und ging in den Vorraum, die Tür knallte er hinter sich zu.

Wenn es Schwierigkeiten gibt, Herr Doktor, sagte ein stämmiger junger Mann, helfen wir Ihnen.

Anton winkte ab.

Er war den ganzen Vormittag konzentrierter als sonst. Eine Patientin, die mit leichten Magenbeschwerden kam, untersuchte er zehn Minuten lang, er tastete ihren Bauch ab, das Ultraschall-Bild zeigte nichts Auffälliges, er war aber sicher, da war etwas, ein Schatten, der um Haaresbreite nicht sichtbar wurde.

Er bat sie, etwas zu trinken und in einer halben Stunde noch einmal wiederzukommen. Bevor er den nächsten Patienten hereinrief, hob er den Hörer ab, er wollte mit Lydia sprechen. Und wenn er sie nach dem Mann fragte, und wenn er eine Antwort bekam, die er nicht hören konnte?

Man ahnte nichts voraus, man extrapolierte, was man erlebt hatte. Man nahm, dachte Anton und legte den Hörer auf, die Märchen und Geschichten und die Ängste und Hoffnungen, nahm sie, um sich selber vorzulesen, denn so kam es ihm vor, als läse er sich selbst eine Geschichte vor, die erzählte, was ihm widerfahren würde. Die Frage war, woher Lydia den Mann kannte, in welche Phase ihres Lebens er gehörte. Doch kannte Anton nicht einmal ihre Tochter. Er wußte über Lydias Leben nichts.

Der nächste Patient, ein etwa sechzigjähriger Mann, war blaß vor Schmerzen, er hatte sich die Hand gequetscht und mußte mit Verdacht auf eine Fraktur ins Krankenhaus überwiesen werden.

Dann kam eine alte Frau, die Gebärmutterkrebs hatte. Wissen Sie, Herr Doktor, Sie müssen mir nur versprechen, daß Sie dann zu mir nach Hause kommen mit den Spritzen. Mit dem Sterben kann ich schon leben, aber mit den Schmerzen nicht.

Verspreche ich Ihnen, sagte Anton.

Lange dauert es ja nicht mehr, sagte sie.

Da haben Sie wohl recht.

Als er sie zur Tür geleitete, sah er die Patientin, die er gebeten hatte zurückzukommen zu einem zweiten Ultraschall.

Er fuhr zögernd mit dem Schallkopf über ihren Bauch, langsam, als könnte statt des Gerätes, ohne die komplizierte Übersetzung in das schwarz-weiße, unruhige Bild, er selber sehen, was unter der jung wirkenden, glatten Bauchdecke vor sich ging.

Dann sah er, was sich verborgen hatte, eine dunkle Stelle am äußersten Rand der rechten Niere.

Da ist etwas, sagte er zu der Frau, die ihn plötzlich ängstlich anschaute. Da ist etwas, das man genauer untersuchen muß. Er wandte sich ab, um seine Fassung wiederzugewinnen. Die Frau war nicht älter als Lydia.
Doktor? rief die Frau ihn, ihre Stimme klang ironisch. Sie wollen mich nicht zufällig warnen, daß ich sterben muß? Sie sagte es, als könnte es, da sie es derart ausgesprochen hatte, keinesfalls wahr werden. Er reagierte nicht.
Wo haben Sie denn heute Ihren Kopf, Doktor?
Indigniert richtete sie sich auf und setzte sich auf die Liege.
Ich schreibe Ihnen eine Überweisung ins Krankenhaus, als Notfall, sagte Anton. Sie müssen heute noch dorthin. Ich rate Ihnen zum Auguste-Viktoria-Krankenhaus, wenn es sich einrichten läßt.
Heute nachmittag haben wir im Büro eine Sitzung, sagte die Frau.
Anton schüttelte den Kopf. Man wird Sie stationär aufnehmen.
Das ist ja wohl nicht Ihr Ernst. Können Sie denn nichts machen? Empört stand die Frau auf, ging hinter den Paravent, zog sich die Schuhe an.
Und wann brauche ich bei Ihnen einen Termin?
Bedrückt schüttelte Anton den Kopf. Ich kann Ihnen nicht helfen, sagte er. Aber rufen Sie mich die nächsten Tage an, wenn es geht.
Sie standen einander gegenüber. Die Frau war blaß geworden. Ich werde an Sie denken, sagte Anton. Sie nickte stumm. Dann ging sie hinaus.

Bis zum Mittag kamen nur die üblichen Patienten aus der Nachbarschaft, mit Altersdiabetes, Husten, chronischen Beschwerden unterschiedlicher und vager Art, es war das vertraute Land der Krankheiten, die einen begleiteten, es war das Land, in dem man lebte, gefährdet, ohne aber jederzeit mit dem Tod zu rechnen. Anton war erschüttert, er arbeitete ruhig und ließ sich nichts anmerken, er wunderte sich über sich selbst; war er denn wieder ein Anfänger?
Er zitterte nicht, seine Hände blieben präzise. Auf das Leben hatte er nicht gesetzt, aber darauf, daß er wußte, wohin er gehörte: nicht zum Tod. Und plötzlich, da er an Lydia dachte, kam es ihm vor, als wäre es die ängstlichste und fragilste Sache, daß sie noch lebten.

Tags darauf färbte sich der Himmel gegen Abend rosa, es zogen schwarze Wolken davon, Anton hatte das Fahrrad genommen und fuhr, von der Yorckstraße kommend, auf die Potsdamer Straße, er sah voller Staunen den Himmel und dachte, daß er am Sonntag mit Alix' Eltern essen würde wie gewohnt, daß er Clara und Heinrich Barnow am letzten Wochenende nicht gesehen hatte, sie waren noch immer erschüttert von dem Mordanschlag, dem die netten Besitzer des Restaurants, in dem sie häufig gegessen hatten, zum Opfer gefallen waren, Alix hatte ihn nachmittags angerufen, und weil sie besorgt war, hatte er angeboten, nach ihren Eltern zu schauen. Kannst du dir vorstellen, hatte Alix gesagt, sie wollten zur Beerdigung gehen, alle, die dort gearbeitet haben, wurden heute beerdigt, sogar das kleine Mädchen, aber meine Eltern haben sich in der Zeit geirrt, sie dachten,

die Beerdigung ist erst mittags, dabei war sie um zehn Uhr früh.
Anton hatte die Nachricht im Radio gehört, von der Beerdigung der Opfer des spektakulärsten Mordfalls der Nachkriegsgeschichte war die Rede gewesen, davon, daß der genaue Ablauf noch immer nicht geklärt, daß es Monate dauern, bis die Angeklagten verurteilt würden, und Anton wunderte sich, daß Heinrich derart erschüttert war und aus dem Tritt. Tatsächlich war es unvorstellbar, daß Menschen, mit denen man vor ein paar Tagen oder eben zwei Wochen noch gesprochen hatte, erschossen sein sollten, es war eine Art von Tod, die unvorhergesehen war, so wie sie lebten, aber für Heinrich Barnow waren Mordfälle als Oberstaatsanwalt Teil des Berufs gewesen, man hatte ihn sogar, obwohl längst pensioniert, zum Tatort gerufen, auf Grund seiner großen Erfahrung, und Anton mußte sich eingestehen, daß ihn selbst die Sache weniger berührte, als er für richtig hielt. Nicht alle Toten gingen einen etwas an, wie man es auch drehte und wendete, es war schwer zu sagen, welche Todesfälle einen bewegten und welche nicht. Mit Barnows hatte Anton Mitleid, sie waren seit ein paar Monaten regelmäßig in dem vietnamesischen Restaurant essen gewesen, Heinrich auch unter der Woche, wenn er seiner Frau die Mühe ersparen wollte, mittags zu kochen, es waren fast Nachbarn, obwohl der Elvirasteig ein Stück weit entfernt lag. Vermutlich hatte Heinrich nicht damit gerechnet, noch einmal konfrontiert zu werden mit einem derartigen Anblick, es war auch ungewöhnlich, daß man ihn an den Tatort gerufen hatte, wie er selbst einräumte. Und jetzt die Beerdigung. Hätten die beiden daran teilnehmen können, wäre die

Sache vielleicht für ihn abgeschlossen gewesen. Nun machte sich, hatte Alix erzählt, Heinrich bittere Vorwürfe.
Anton passierte den Innsbrucker Platz. Die Straßen waren frei, er fuhr rasch, weiter unten auf der Rheinstraße sah er eine alte Frau, die Maiglöckchen verkaufte. Vor dem Einkaufscenter in der Schloßstraße drängten sich Leute, vielleicht wurde ein neuer Laden eröffnet. Anton war froh, als er Steglitz hinter sich gelassen hatte und am Botanischen Garten vorbeifuhr, das dichte Grün der Sträucher verwehrte ihm den Blick in den Park, er nahm sich vor, Lydia dorthin einzuladen, vielleicht kannte sie den Botanischen Garten nicht, vielleicht war sie mit ihrer Tochter nie dort gewesen, mit Kindern ging man ja eher in den Zoo.
In Zehlendorf Mitte waren die Bürgersteige belebt, und obwohl das Restaurant nur zweihundert Meter von der Potsdamer Chaussee entfernt lag, hatte niemand die Schüsse gehört, er mußte jedesmal daran denken, wenn er durch Zehlendorf fuhr. Dann bog er in den Fischerhüttenweg ein, es war nicht mehr weit zum Schlachtensee und zum Elvirasteig.
Barnows Haus lag still in dem Garten, in dem die Pfingstrosen blühten, der Kirschbaum war schon verblüht, keines der Fenster stand offen, es dauerte ein paar Minuten, bis Anton es bemerkte, und er stand vor der Gartentür, das Fahrrad neben sich, ohne einzutreten. All die Jahre hatte er sein Leben mit Alix und ihren Eltern und seinen Freunden Jan und Bernd geteilt, und es war ungerecht, daß er, da er Lydia gefunden hatte, sich scheute bei Barnows zu klingeln, als könnten ihn dort Sorgen erwarten, die ihn von seinem eigenen Leben ablenken würden. Aber er liebte den Anblick

des Hauses, das größtenteils aus Holz gebaut war, und den Garten. Zu den Menschen gehörten die Orte, an denen sie lebten, mit der Zeit war schwer zu entscheiden, was einem mehr ans Herz gewachsen war, der Ort, die Menschen, oder sie waren so miteinander verwoben, daß sich beides nicht mehr unterscheiden ließ. Er dachte, daß er am liebsten das Haus kaufen würde. Lydia hatte doch ein Kind. Vielleicht konnten sie noch ein gemeinsames Kind haben. Er würde für seine Freunde einen Teil des Hauses reservieren, so daß sie ungestört dort übernachten könnten. Sogar seine Eltern könnte er vielleicht dort aufnehmen.

Dann fielen ihm Barnows wieder ein.

Und er ging schließlich durch den Garten zum Haus.

Das Unerwartete war Heinrichs Gesicht. Es war das Gesichts eines alten Mannes, magerer als gewöhnlich, es war aufgewühlt, Entsetzen war darin, Unglück und, sah Anton, Liebe.

Wir haben die Beerdigung verpaßt, sagte Heinrich, der hinter der Tür gewartet haben mußte und plötzlich vor Anton stand. Kannst du dir das vorstellen? Da werden die Menschen ermordet, und wir verpassen ihre Beerdigung!

Wie ist das denn passiert? fragte Anton.

Sie war vormittags! Und ich hatte mir zwei Uhr aufnotiert! Es war meine Schuld!

Clara kam die Treppe herunter und rief, du kannst doch nichts dafür! Es war in der Zeitung falsch abgedruckt. Wer hätte darauf kommen können, daß man noch einmal anrufen muß? Wir waren ja nicht die einzigen, sie wandte sich an Anton, da standen mindestens zehn Leute so wie wir, Gäste, die auch zur Beerdigung wollten, und wir haben uns

gefragt, ob es im Restaurant einen Leichenschmaus gibt, aber da ist ja keiner mehr, der kochen kann, alle tot!
Heinrich zuckte zusammen. Wer könnte bei so einer Gelegenheit auch etwas essen? sagte er empfindlich und ging ins Wohnzimmer vor.
Als Clara in der Küche war, um etwas zum Abendessen vorzubereiten, fragte Anton leise: Heinrich, was ist passiert?
Man muß ein Geheimnis wahren, sagte Heinrich, nicht auftrumpfend, sondern bekümmert, er schaute sich im Wohnzimmer um, immerhin stand er auf, um die Vorhänge vor den großen Glastüren aufzuziehen.
Clara brachte das Essen, und da sie so lebhaft fragte, da sie sich mit solcher Vorfreude nach Lydia erkundigte, wurde Anton gegen seinen Willen redselig, er trank Wein, er versprach, so bald wie möglich Lydia mitzubringen, und Clara fragte, ob Lydia ihn zu seinen Eltern begleiten werde.
So krank! rief sie aus, als Anton von den Erdbeeren erzählte.
Und Anton war mit schwerem Herzen aufgebrochen, das erste Stück schob er sein Fahrrad, dann stieg er auf und fuhr, so schnell er konnte.

Verschwitzt kam er gegen zehn Uhr in Kreuzberg an. Noch war es nicht ganz dunkel. Er wußte, daß er Lydia nicht sehen würde, sie hatte ihrer Tochter versprochen, nicht öfter als drei Mal in der Woche abends auszugehen.
Er wußte, daß es unfair war, mehr von ihr zu erwarten. Aber wie hätte er hinnehmen können, daß die Frau, an die er unablässig dachte, die alles war, was er sich wünschen oder ausdenken konnte, daß diese Frau, die wie sein Atem

war, ihn nur dreimal in der Woche sehen wollte. Abends. Denn sie blieb nicht bei ihm. Sie kehrte zu ihrer Tochter zurück. Ihn ließ sie alleine. Und er durfte nicht kommen, nachdem das Kind eingeschlafen war, wie er ihr vorgeschlagen hatte, leise, er könnte sehr leise kommen, nachdem sie schliefe, das Mädchen. Lydias Kopfschütteln war nicht abweisend gewesen. Es hatte ihn geärgert, weil etwas daran kleinlaut und überheblich zugleich war. Dieses Wenn du nur wüßtest. Was sollte er wissen? Er wußte, worauf es ankam: Es gab nur dieses eine Leben. Er wußte, er würde dieses Kind ins Herz schließen. Schon jetzt war es sein Augapfel. Sie aber bedeutete ihm, daß das wenig war im Vergleich zu ihrer Liebe. Nein, nicht wenig: unvergleichbar das Eine und das Andere. Sein Kummer war, daß sie darauf bestand, in einer anderen Welt zu leben. Er wußte, es ging über seine Vorstellungskraft weit hinaus, was sie erlebt hatte, was ihr das Kind bedeutete. Auf seine Verzeihung kam es nicht an. Nicht auf seine Angst. Lydia, die so tatkräftig wirkte, kannte eine Bangigkeit, die ihm unbekannt war, und die sie mit Alix teilte, nicht mit ihm.

Wenn er bei seiner Mutter war, wenn er sie sah und liebte und wenn ihm vor ihr graute, konnte er, was Lydia empfinden mochte, nachempfinden. Das eigene Leben konnte einem so enteignet werden, fremd, daß man es mit Grauen betrachtete. Die Person, die der erste Grund seines Lebens gewesen war, sah er mit Bangigkeit, mit Schrecken und schlechtem Gewissen, seine Mutter mit ihren unerwarteten Lachanfällen mitten in einem Zorn, mit ihrer Heiterkeit und Strenge, ihrer Phantasie und mit der Stetigkeit, der er schon als Kind angemerkt hatte, daß sie mühsam an ihr festhielt und die jetzt Stück um Stück zu Bruch ging, so wie das Geschirr, das sie irgendwo hinstellte, vergaß, verräumte, zerbrach, denn ihre Hände zitterten jetzt oft, vor Anstrengung oder vor Schrecken, daß wieder alles nicht so war, wie sie es gedacht hatte. Die Uhrzeiten, die Orte stimmten nicht mehr. Und während sie Jahr für Jahr Anfang Juni die erste Erdbeermarmelade eingekocht hatte, weil sie ungeduldig auf die ersten süßen Früchte eines Sommers gewartet hatte, um sie ihren Kindern zu schicken, vergaß sie jetzt, Erdbeeren zu pflanzen.

Anton hatte das Planufer erreicht, von der Admiralsbrücke her hörte er Lachen und ein Saxophon, sie hörte es auch, dachte er, ohne zu wissen, wo genau Lydia und das Kind wohnten, denn Lydia hatte ihm ihre Adresse nicht genannt. Die Leute aber, die sich auf der Brücke trafen, hörte sie, hatte sie erzählt, und Anton schaute zu den Fenstern hinauf und zu den Balkons, undeutlich sah er hinter Glastüren Leute im Licht hin- und hergehen, in einem Fenster sah er, wie zwei nebeneinander standen und hinausschauten, er mußte wegsehen und ging rasch weiter, dann sah er, unweit der Brücke, eine Frau mit einem kleinen Wagen, sie zog ihn wie einen Leiterwagen, darin hatte sie Pappschalen hoch gestapelt, und als er näher kam, sah er, sie verkaufte frische Erdbeeren.

Den Bauer Helmer rief er am Samstag an. Nächsten Samstag komme ich, verkündete Anton, wie um die eigenen Zweifel zu verscheuchen. Haben Sie denn gut gewässert?

Ich war nicht da, murrte Helmer, glaub ich auch nicht, daß aus den Erdbeeren was wird, wenn man die so spät umpflanzt, mit der Frucht schon an den Sträuchern, so ein Unsinn, Sie hätten Frigo-Erdbeeren pflanzen sollen, gefrorene, das wäre dann halt ein paar Wochen später gewesen.

Ach schimpfen Sie nicht, sagte Anton. Woher soll ich wissen, daß man gefrorene Erdbeeren einpflanzen kann? Wir haben halt vergessen, sie im Herbst zu pflanzen.

Ja, Ihre Mutter vergißt so manches, sagte Helmer und legte auf.

Anton stand mit dem Telefon in der Hand, empört, als hätte man ihn oder seine Eltern (an seinen Vater und seines Vaters Krankheit dachte er allerdings nur selten) beleidigt, so sehr, daß es kaum möglich schien, seine Eltern an einem solchen Ort zu lassen. Ich hole sie nach Berlin, dachte Anton, er wußte aber, daß das Unsinn war, daß seine Mutter in Berlin unglücklich wäre, allenfalls sein Vater hätte während einiger anfänglicher Monate Spaß, an einem guten Kiosk vier oder fünf Zeitungen zu kaufen, ausländische dann auch, denn obwohl er keine einzige Sprache sprechen konnte, las er die meisten europäischen Sprachen, slawische wie romanische. Doch auch das Vergnügen, so frei und ohne weiteres beliebig viele Zeitungen kaufen zu können, wäre begrenzt, und nach diesem Anfang hätte sein Vater sich ebenso einsam und verwirrt gefühlt wie seine Mutter. Den Himmel, den großen Himmel des offenen Landes hätten sie auch vermißt, selbst Anton war dafür empfänglich geblieben und schaute manchmal hinauf, um doch nur halb getröstet zu sein, wenn rasch und deutlich die Wolken zogen. Der Himmel blieb klein in einer Stadt wie Berlin. In der Stadt ist alles nur ein Ausschnitt, hatte sein Vater bei einem Besuch gesagt. Immer ein Stückchen, und das wird aufgeplustert. Unrecht hatte er nicht damit.

Das Land war aber auch klein, eine Kleinstadt wie Calberlah schon gar. Und es hatte sich herumgesprochen, daß seine Mutter so manches vergaß. Sicher betrachtete man die beiden, wenn sie Hand in Hand durch die Einkaufsstraße gingen, mit Mitleid. Und immer war ein bißchen Verachtung dabei. Man würde sie aber nach Hause bringen, wenn sie verloren gingen, auch für sie einkaufen, die Nachbarn, die mit ihren Kindern und Enkeln protzten, während die Webers so gut wie kinderlos waren. Denn, hatte eine Nachbarin einmal streng zu Anton gesagt, wenn man so alt ist wie du und deine Schwester und immer noch keine Kinder hat, dann ist man selber trotzdem kein Kind mehr. Und er wußte, was sie meinte. Sie, Caroline und er, waren der Anfang eines Abkommens, sie hatten es durchbrochen. Man hat das Leben doch, damit man es weitergibt, hatte sein Vater zu ihm gesagt, und seine Mutter hatte später leise hinzugefügt, da hat er doch recht, dein Vater. Mein Gott, hatte Anton sich gewehrt, eine Art Staffellauf oder wie? Es war aber doch etwas daran. All die unterschiedlichen Welten, in denen man lebte, und eine löste die andere nicht ab, sie ergaben auch nichts Neues, sie addierten sich auf eine schwer zu durchschauende Weise, dachte Anton, aus all den Teilen wurde kein Ganzes. Eine Summe war es. Oder ein Kreis, eine Menge, wie früher in der Mengenlehre der willkürliche Kreis (so war es ihm vorgekommen), in dem alle möglichen Elemente eingeschlossen waren; zuweilen gab es Schnittmengen. Die Methode war antiquiert, die flachen, blauen Kästchen seiner Kindheit, in denen Kreise, Dreiecke und Quadrate lagen, gab es nicht mehr. Für das Leben war jedoch etwas davon übriggeblieben, ob man es wollte oder nicht. Zufällige Bilder, die in das eigene Denken hineinregierten.

Auf eine Weise gehörte er selber nach Calberlah. Nach Berlin, zu Alix, Jan und Bernd gehörte er, zu seiner Praxis in Kreuzberg auch und zu Lydia. Lydia, die eine Tochter hatte und nicht sagen wollte, wer der Vater war, die nur so viel sagte, daß es eine unglückliche Zeit gewesen war, ihr Kind nicht das Kind einer Liebesbeziehung, sondern das einer schwarzen und unerklärlichen Zeit war, die keinen inneren Zusammenhang mit ihrem anderen Leben zu haben schien, einer Zeit, die in Fetzen gewesen war und noch immer in Fetzen an Lydia hing, hatte sie mühsam und ungern gesagt; ihre Tochter war das Helle aus einer Schwärze. Es brachte nichts, darüber zu sprechen.

Und dann hatte sie etwas hastig gemurmelt, von Alkohol und Obdachlosigkeit, von Selbstzerstörung, und wie niemand sie angesprochen hatte, Leute, die sie doch kannten. Damals habe mit ihr keiner gesprochen, jetzt könne sie ihm nichts davon erzählen, vielleicht habe er sie ja damals auch zu Gesicht bekommen, eine eigentlich geordnet aussehende Person, die morgens um elf Uhr vor dem ersten Glas Wein saß.

Mit Alix ging Lydia in das Café, in dem sie damals die meisten Tage verbracht hatte. Zu Anton, so empfand sie, hatte sie Alix und Jan und Bernd dazubekommen, das eine Geschenk so unerwartet wie die anderen, einen Mann, den sie womöglich liebte, seine Freunde dazu, und Alix, dachte

Lydia, gehörte zu den Menschen, denen sich alles ebenso erzählen wie verschweigen ließ – sie war neugierig und abwesend, und was sie erzählte, was andere ihr erzählten, war das Privateste, das bei Alix nie zu Klatsch wurde, vielleicht, weil sie selber, trotz aller Schönheit, immer ein schräger Vogel blieb, vogelhaft in ihrer Schmalheit, in den etwas altmodischen Kleidern, mit ihrer spitzen und großen Nase, die aus dem Gesicht stieß. Eine Erklärung für ein Treffen im Café in Alix' Nachbarschaft war nicht nötig, es schien, als wüßte sie, daß Lydia dies Café besser kannte als Alix, die täglich daran vorbei ging und durch die Scheiben schaute, und vielleicht hatte, ohne es zu wissen, Alix sie wirklich dort sitzen sehen, vor dem Glas Wein, das immer voll war, weil sie nachbestellte, bevor sie das letzte Drittel in einem Zug leerte.
Ein bißchen nach vorne gesunken hatte sie dort gesessen, mit einer Sonnenbrille, die Haare länger als sonst, so daß sie ihr Gesicht verdecken halfen, vielleicht hatte sie wirklich niemand erkannt oder sich gewundert, wie eine junge Frau öffentlich entgleiste.
Rüdiger allerdings hatte sie erkannt. Rücksichtslos, gierig, mit dem siebten Sinn derer, die verloren waren, auf eine schreckliche Weise hatte er den Schlüssel zu ihrer Seele gehabt, und er hatte sie angefaßt, als würde er sie gefangen nehmen, als wäre sie aber auch der Engel, den man berühren mußte, um selbst gerettet zu werden. Sie hatte ihn nicht gerettet. Vielleicht hatte er sie gerettet. Durch den Ekel, den er in ihr auslöste, den Schauder vor einem Leben, das nicht nur unglücklich war (so wie ihr Leben), sondern zerstört, vergiftet. Man wurde kein Untoter. Er war ein Mann

geblieben. Er liebte sogar, obwohl er nachts schrie und betrunken von den Einsätzen in Afghanistan sprach. Er war auch in Uganda gewesen. Sie dachte, je mehr man von Menschenzerstörung wisse, desto zerstörbarer wurde man selbst.

Es ist immer wie im Märchen, hatte er ihr gesagt. Die Leute wollen bloß nicht wahrhaben, daß es Erlösung gibt, weil sie keine Lust haben, die anderen zu retten, die häßlich sind.

Und Lydia wagte nicht zu fragen, aber warum hast du es getan, du mußtest ja nicht in die Fremdenlegion, Studium nicht geschafft, das ist kein Grund zu töten, es war, sagte sie ihm, dein eigenes Leben, du hast es kaputt gemacht. Sie traute sich zu sagen, es ist mein Kind, faß es nicht an. Du warst nicht der einzige, log sie. Als wäre denkbar, daß er die Lüge nicht durchschaute.

Noch immer fürchtete sie, er könne auf einem Vaterschaftstest bestehen. Vater unbekannt, hatte sie eintragen lassen, beschämt, als sei sie eine Nutte. Was heißt, du weißt nicht, wer der Vater ist? hatte ihr eigener Vater sie angebrüllt. Haben wir dich dafür durchs Studium geschleppt und Ärztin werden lassen? Sie brach den Kontakt zu ihrem Vater ab.

Sollen wir ihn besuchen? fragte Alix, der sie alles erzählte, während sie, bestürzt über sich selbst, noch einmal um halb zwölf Uhr mittags Wein trank.

Lydia war bei Alix' Frage vor Entsetzen zusammengefahren, sie hatte angefangen zu lachen, hatte sich verschluckt an ihrem Lachen und an dem Wein, den sie dann nicht mehr trank, übermütig bei dem Gedanken, eine Freundin gefunden zu haben. Nein, sagte sie.

Vielleicht, stimmte sie halbwegs zu.

Und den Kindsvater?
Lydia wich aus. Warst du einmal in Calberlah? fragte sie statt dessen.
Alix verstand, was sie meinte. Anton gehört nach Calberlah, sagte sie, und hierher gehört er auch. Warum auch nicht?

Und da es so war, da ein Teil seines Lebens Calberlah war, erfand er für seine Mutter Erdbeeren und Erdbeermarmelade, die sie ihm nach Berlin schicken könnte, bestand er nicht darauf, daß Alix ihm erzählte, was sie von seiner Freundin erfuhr, tat er als getreuer Sohn alles für seine Mutter, ohne sie jedoch nach Berlin zu holen oder womöglich zurückzukehren nach Calberlah, bezähmte er seine Angst. Und würde er mit dem Kind nach Calberlah fahren? Das würde er. Er malte sich aus, daß er zu seinen Eltern mit einem Foto käme, das Lydia und ihre Tochter zeigte. Bernd gestand er es, daß er sich ausmalte, wie seine Mutter sagte: Ist das meine Tochter?
Es war, sagte er Bernd, als versuchte er für seine fast verschollen lebende Schwester Ersatz zu finden.
Aber Bernd protestierte.
Ach, was heißt denn Ersatz, Caroline ist großartig, und Lydia ist großartig. Kann ja nur alles gut werden. Deine Mutter war früher so nett. Warum soll sie, bloß weil sie jetzt alles vergißt, plötzlich bekloppt sein?
Nicht bekloppt, sagte Anton. Aber Calberlah, sage ich dir! Da sieht man Fremde nicht so gerne. Und Lydia ist Berlinerin.
Nicht so eine Provinzassel, eine kleinmütige, wie du es bist! grinste Bernd. Erinnere dich doch, als du mich mitgenom-

men hast nach Calberlah, dachte deine Mutter erst, ich sei dein Freund, und das hat sie auch mit Fassung getragen.
Anton nickte. Du hattest aber auch nicht dein uneheliches Kind dabei.
Bernd lachte. Nein, weder ein gemeinsames noch ein uneheliches. Schade eigentlich. Es wäre bestimmt ein hübscher Junge gewesen.
Er hätte helfen können, die Erdbeeren zu ernten, sagte Anton.
Deine Erdbeeren kannst du vergessen, hat dir das dein Gärtner nicht gesagt? Du kannst doch eine Pflanze nicht einfach aus- und wieder eingraben, wenn sie schon Früchte angesetzt hat. Rechne mal lieber damit, daß du die Erdbeeren dieses Jahr im Supermarkt kaufst!
Darum geht es doch nicht, sagte Anton. Mutter hat am Telefon geweint, weil sie vergessen hatte, ihre Erdbeeren zu pflanzen.
Ja, so ist das nun. Willst du ihr vormachen, sie sei nicht vergeßlich?
Ich weiß nicht, sagte Anton.

Die Wahrheit sagen, eine Ausrede finden, die Wahrheit, wenn nicht danach unverblümt gefragt wurde, verschweigen oder einfach beiseite lassen. In seiner Praxis stand er alle paar Tage vor der Entscheidung, und meistens entschied er sich dafür, die Wahrheit zu sagen. Die Wahrheit war eine unangenehme Nachricht. Die Wahrheit war, was man nicht wahrhaben wollte. Eine weitere Untersuchung, die zweite Chemotherapie, eine Operation, eine chronische Krankheit. Schmerzen und letztlich der Tod.

Das Land, in dem seine Mutter lebte, schmolz dahin. Es war nur noch ein Eiland, ein kleines Stück trockener Erde in einem größer werdenden Wasser. Das Wasser hatte nichts Tröstliches, es war das Tohuwabohu vor der Schöpfung.
Seine Patienten überantwortete er der Wahrheit, um sich selber von der Verantwortung freizusprechen. Wahrheitsliebe war jedenfalls nicht der Anlaß. Es gab, seiner Erfahrung nach, wenig Grund, die Wahrheit zu lieben. Oft gab es vielleicht nicht einmal Grund, die Wahrheit kennenzuwollen. Warum war seine Schwester in Amerika so einsam? Warum blieb sie trotzdem? Warum weigerte sie sich, mehr zu besitzen als ein Auto und zwei Koffer? Was waren ihre Träume, ihre Alpträume, daß sie in höflicher Ferne zugrunde ging, in den Armen fremder Frauen und Männer, die einige Zeit an ihr klebten wie Pech und Schwefel, um sie danach wieder zu verlassen?
Und vielleicht, dachte Anton manchmal, war es das Vergessen ihrer Eltern, daß sie lange vorausgespürt hatte, empfindsam, wie sie immer gewesen war, vielleicht ertrug sie es nicht. Lächelnd schien sie ihren Eltern Gesellschaft zu leisten und erinnerte sich an nichts. In Maine lebte sie, in einer Landschaft, die für Anton unbekannt war und Farbe und Herbst bedeutete. Ihre Eltern hatten Caroline ebenfalls nie besucht, die Reise erschien ihnen unausdenkbar weit.

Mit Alix sprach er über Caroline, und Alix sagte, auf die für sie so typische Weise leichthin, als wäre es kaum etwas, was sie sagte, es gebe für jeden wahrscheinlich eine eigene Art von Einsamkeit, und vielleicht sei für Caroline die Einsamkeit eine Geographie, während es für andere Stille oder ein

Geräusch, für wieder andere die seltsame Fremdheit der Haut an den Armen sei, die niemand berühre. Sie war immer ein bißchen skurril und unberechenbar luzide, was sie sagte, klang ebenso einleuchtend wie es schwer nachzuvollziehen blieb, immer ein Stückchen Station 4B, wie Anton zu Jan sagte, in Anspielung auf die gemeinsame Arbeit in der geschlossenen Psychiatrie, wo sie beide Alix kennengelernt hatten.

Die 4B war schrecklich gewesen, eine tägliche Abfolge grotesker Situationen, so hatte es Anton empfunden, aber es war auch glücklich gewesen, fast rauschhaft, eine Zeit, in der alles offen und nackt gewesen war, so empfand er es im Nachhinein, in der er überhaupt erst angefangen hatte, über Menschen nachzudenken.

Sie waren zu zweit gewesen, Jan und er, mit einer älteren, selbst etwas verwirrten Stationsschwester, die nach Dienstschluß am liebsten im Aufenthaltsraum der Patienten blieb, mit ihnen vor dem Fernseher saß, sie strickte dann, was die Patienten in der Beschäftigungstherapie angefangen hatten, zu Ende, und wenn Anton darüber nachdachte, ob er an etwas wie Wahrheit glaubte, dachte er oft an Schwester Thea. Sie hatte für ihn die Wahrheit verkörpert. Unwillig hatte sie ihre weiße Arbeitskleidung abgelegt, als beschlossen wurde, in der Psychiatrie nurmehr mit Straßenkleidung anzutreten, um nicht etwa die Patienten einzuschüchtern, und immer wieder hatte sie, gegen den Willen des Oberarztes (während Jan und Anton auf Station arbeiteten, blieb die Stelle des Professors vakant), die weißen Kittel hervorgeholt. Woher soll denn sonst hier einer wissen, wer wer ist? hatte sie Anton gesagt, und sie war es gewesen, die unverblümt ausgesprochen hatte, daß er ungeeignet war fürs Krankenhaus und für die Psychiatrie schon gar.

Wenn Sie nicht gnädiger Herr zum Chef sagen wollen und nicht die Medikamente geben und gar nicht so recht glauben, daß hier einer gesund wird oder überhaupt, ist ja noch schlimmer bei Ihnen, so ein bißchen an die Gesundheit müssen Sie hier schon glauben.

Und Anton hatte an Alix' Bett gesessen und gewußt, daß Schwester Thea die Wahrheit sagte. Die wird nicht gesund, die ist nicht krank, die ist, wie sie ist, ein komischer Fisch, und wenn der Fisch davonschwimmt, kann man ihn nicht schnappen in der Luft.

Er hatte an ihrem Bett gesessen und gewußt, er würde gehen, weil Schwester Thea das sagte, und als er sah, wie Jan sich von Tag zu Tag heftiger verliebte in Alix, wußte Anton, daß nicht er Alix zur Frau bekommen würde. Denn auch er war verliebt. Er spürte etwas, das er sich nicht erklären konnte und das ihn sehr bekümmerte, die Unfähigkeit, etwas schier nur aus Glauben an sein Glück zu tun. Er hatte Alix, nachdem seine Schwester für zwei Wochen zu Besuch nach Europa gekommen war, davon etwas gesagt, daß es für ihn undenkbar war, sich etwas zu nehmen, ohne Caroline die Hälfte abzugeben.

Er war halb-glücklich. Keinesfalls unglücklich, seine Praxis, die er kurz nachdem Jan und Alix geheiratet hatten, öffnete, liebte er. Kreuzberg liebte er, Jan und Alix und Bernd liebte er, die Barnows, Alix' Eltern auch, obwohl Heinrich, ihr Vater, während Alix' Zeit in der Psychiatrie eine unrühmliche Rolle gespielt hatte, wie nur er, Anton, wußte. Denn ihn hatte Heinrich bedrängt, er solle eine eindeutige Diagnose

(schizophren) stellen und seine Tochter, die an einer ungewöhnlich ausgeprägten Hyperakusis litt, dem Vermögen, noch weit entfernte oder extrem leise Geräusch genau zu hören, zu einem normalen, funktionsfähigen Menschen zu machen. Geben Sie ihr endlich ein vernünftiges Medikament! hatte er Anton als behandelndem Arzt befohlen. Diese Krankheiten, wie meine Tochter sie hat, haben doch nur wohlhabende Frauen, die kein Geld verdienen müssen, weil ihre Väter für sie bezahlen!
Dann soll sie wenigstens einen Mann heiraten, der sie ernähren kann! Das war sein abschließendes Wort gewesen, als Anton sich geweigert hatte, medikamentös zu behandeln, was ihm Empfindsamkeit schien, mit der man zu leben hatte, eine Abweichung, die nicht korrigiert gehörte, es war fast, als wollte Heinrich Barnow zerstört sehen, was ihn erschreckte. Und Anton wußte, Alix hatte ihren Mann schon gefunden, es würde Jan sein. Er mußte ihn empfehlen, es war sein Freund, auch wenn er sich fragte, ob ein temperamentvollerer Mann nicht Alix' versponnene Zartheit besser ausgeglichen hätte. Dann sah er auch, daß Alix auf verwunderliche Weise Jan liebte. Und obwohl er mit eigener Liebe zu kämpfen hatte, so war er doch froh, daß Alix nicht mehr verschwinden würde aus seinem Leben, wenn sie Jan heiratete.
Barnows gehörten zu diesem Leben aber dazu, mit ihrem Dünkel, mit ihrem wunderschönen Haus und ihrer Großzügigkeit, die nicht nur den Mann der Tochter als Sohn aufnahm, sondern auch seine beiden Freunde.
Zu seinem eigenen Glück fehlten Anton eine Frau und Kinder, sonst fehlte ihm nichts, bis an seinem dreiundvierzigsten

Geburtstag die Krankheit seiner Eltern offenkundig wurde, sie waren nicht bloß vergeßlich, sie gingen ihm verloren. Obwohl zehn Jahre jünger als Barnows, wurden sie schon alt. Er hatte sie zu einem Arztbesuch in Wolfsburg überredet. Er hatte sie begleitet, der Kollege, ein Mann in Antons Alter, äußerte sich drastisch, eine rasch progredierende Form frühseniler Demenz sei mehr als wahrscheinlich, und was in dem Jahr seither geschehen war, bestätigte die Diagnose, wenn auch schiere Willenskraft seiner Eltern den Fortgang ihrer Krankheit aufhielt. Meter um Meter wurde umkämpft. Die Niederlagen waren um so bitterer.
Das Glück, das sich Anton zugeschrieben hatte, war nurmehr Illusion, unbeschadet würde in seinem Leben nichts mehr sein. Jede verlorene Schlacht seiner Eltern riß ein Loch in seine Träume, er hatte geglaubt, ihn könne nichts schrekken. Jetzt waren seine Träume nicht länger das Maß, sondern was er tun konnte. Er konnte geduldig sein, mit Lydia und mit sich selber auch. Er konnte für seine Mutter, auch wenn es längst zu spät war, Erdbeeren pflanzen und hoffen, daß die Pflanzen angehen würden und die Früchte reifen. Er konnte hoffen, daß es die Liebe gab, an die er glaubte. Und er wußte, daß er anfangen mußte herauszufinden, was für ihn Liebe bedeuten sollte, eine Liebe, die mit Glück nicht identisch war.

Eine weitere Woche verstrich, es war Donnerstag, es wurde Freitag. Seine Abreise rückte näher, er hatte Lydia nicht gefragt, ob sie ihn begleiten wollte. Da es nicht warm gewesen war, in Berlin nicht, in Calberlah auch nicht, schien ausgeschlossen, daß die Erdbeeren schon reif waren. So blieb eine

Frist. Es blieb genug Zeit, mit Lydia doch einmal hinzufahren, und was er hinauszögerte, war eben nur verzögert und nicht aufgegeben.

Am Freitag, hatte er sich vorgenommen, wollte er um fünf Uhr aus der Praxis heraus sein, er würde Bernd in seinem Buchladen besuchen, abends aber zum Essen Lydia treffen. Darum hatte er gebeten. Vor seiner Abreise wollte er sie sehen. Er wollte mit ihr essen. Wenn er das Bett nur selten mit ihr teilen konnte, dann wollte er wenigstens mit ihr essen, so oft es eben ging.

Um sechs Uhr kam er bei Bernd an, Bernd begrüßte ihn strahlend und händigte ihm die Leine des kleinen, weißen Hundes aus, der ihm vor ein paar Wochen zugelaufen war.

Gehst du mit Schnuff ein bißchen spazieren? Ich habe bis halb sieben Uhr offen, und der Arme war noch gar nicht im Park.

Anton war kaum um die Ecke gebogen, als sein Handy klingelte. Er stand am Eingang des Wartburgparks, vom Spielplatz her hörte man Kinder, es wurde, wo bislang eine Wiese gewesen war, ein weiterer Spielplatz gebaut. Auf dem Display las er Lydias Namen, einen Moment zögerte er, wenn sie ihn nicht erreichte, konnte sie ihm nicht absagen. Denn eine Absage würde das sein.

Du ahnst schon, sagte sie statt einer Begrüßung, ihre Stimme klang nicht verlegen, aber traurig. Rachel ist krank, sie hat sich zwei Mal übergeben.

Ach Lydia, sagte Anton, ich hatte mich so gefreut. Und gerade vor morgen, ich fahre doch morgen zu meinen Eltern.

Nach Calberlah, ergänzte Lydia, ich weiß ja. Schau, das nächste Mal komme ich mit, ich verspreche es dir. Und morgen bringe ich dich zum Bahnhof. Die Nachbarin paßt die eine Stunde auf Rachel auf. Ich hole dich um acht Uhr mit dem Auto ab, in Ordnung?
Schnuff bellte.
Hast du Bernds Hund bei dir?
Nur zum Spazierengehen, sagte Anton. Gut, also morgen früh, acht Uhr.
Ein Boxer kam angesprungen, rannte auf Schnuff zu, der sich aufrichtete und leise japste.
Muß ich dich jetzt retten? fragte Anton nervös. Sein Herz klopfte. Der riesige Hund rannte gegen Schnuff, und als Schnuff umfiel (ein bißchen wie ein Spielzeughund umgefallen wäre, dachte Anton), wollte er auf ihn springen.
Scher dich zum Teufel! schrie ihn Anton an. Das ist wohl das letzte, mach', daß du davon kommst!
Und er hatte Angst vor Hunden. Er packte aber das Tier am Halsband und zerrte es von Schnuff herunter.
Der Hund knurrte. Er riß sich los, unschlüssig, wen er zuerst anspringen sollte, Schnuff, der wieder auf die Beine kam, oder den Mann, der unsicher dastand, halb schon zur Flucht gewandt. Und dann sprang er nicht. Er ging einfach auf Anton zu und biß ihn ins Bein, nicht sehr fest, wie genau kalkuliert, daß es nicht bluten sollte. Dann lief er davon. Ein Besitzer war nicht zu sehen. Es hatte anscheinend auch keiner den unterdrückten Schmerzensschrei Antons gehört, Anton stand gekrümmt, er sah noch immer den Blick des Hundes vor sich, der seinen Augen nicht ausgewichen war, bevor er zugebissen hatte, so sachlich, nicht ohne Verach-

tung. Ein wehrloser kleiner Hund und sein wehrloser Besitzer. Zwei Opfer, die nicht der Mühe wert waren, dachte Anton. Er hatte doch Schnuff verteidigt, er war mutiger gewesen, als er sich zugetraut hatte. Und es war nicht genug gewesen. Vorsichtig zog Anton das Hosenbein hoch, um die Bißstelle anzusehen. Tatsächlich hatte der Stoff Löcher, das Fleisch war jedoch, obwohl man den Abdruck der Zähne deutlich sah, unversehrt.

Mit einem leisen Bellen setzte sich Schnuff ihm gegenüber und schaute ihn an. Ja und? fragte ihn Anton. Gewogen und für zu leicht befunden, oder wie?

Er nahm die Leine, die er hatte fallen lassen. Komm, sagte er, wir gehen zurück zu Bernd.

Bernd schloß gerade die Tür, er winkte und zeigte zu der Bank, die vor seinem Laden stand. Alix saß da. Sie saß, wie es ihre Art war, sehr gerade, und winkte nicht, als sie die beiden kommen sah.

Als hätte sie alles gehört, dachte Anton. Wie macht sie das nur?

Was war das für ein Hund? fragte Alix.

Bernd grinste neugierig. Alix wäre am liebsten losgerannt zu eurer Rettung. War das wirklich ein Hund, der Schnuff und dich angefallen hat? Wie Jan, wie Anton selber konnte auch Bernd niemals wirklich glauben, was sie doch hundertfach erlebt hatten, daß Alix die entferntesten Geräusche hörte.

Er hat mich gebissen, ein Boxer. Er hat Schnuff einfach umgerannt, und als ich ihn weggezerrt habe, hat er mich gebissen. Gerade so, daß es nicht blutet. Anton zog ein weiteres Mal das Hosenbein hoch und zeigte den immer noch deutlich sichtbaren Abdruck der Zähne.

Mein Gott, rief Bernd aus. Du bist auch ganz blaß, soll ich dir was zu trinken holen?
Nein, sagte Anton. Lydias Tochter ist krank, sie kann heute abend nicht.
Ach du Armer, sagte Alix, aber wir haben Glück, dann bleibst du doch bei uns? Und morgen, kannst du sie morgen sehen?
Sie bringt mich zum Bahnhof, morgen früh.
Alix schaute ihn an. Dann lächelte sie und sagte: Das ist auch lang.
Vielleicht war die stärkste Empfindung, begriff da Anton, noch einmal alles zu erzählen, dem Menschen, der nicht dabei gewesen war und den man jetzt liebte. Die ersten Jahre in Berlin, die er mit Jan und dann mit Jan und Bernd verbracht hatte. Das Examen. Das Krankenhaus. Sein Wunsch, Menschen zu helfen, deren Seele, so nannte er es damals für sich, in Aufruhr war. Seine anfängliche Begeisterung. Man konnte Menschen helfen. In gewisser Weise hatte er nicht daran geglaubt oder nicht geglaubt, daß er es konnte. Er sprach mit ihnen, er setzte sich zu ihnen, er nahm ihre Hand. Er sprach ihnen Trost zu. Vor allem: Er teilte, was sie verzweifeln ließ.
Es war ein Vorgriff gewesen auf das, was er erst mit den Jahren lernte, als sich sein Leben mehr und mehr festigte. Während er sicherer auf seinen Beinen zu stehen lernte, verlor der Boden unter seinen Füßen an Sicherheit.
Eine Weile glaubte er an Zufall, dann an eine persönliche Schwäche, vielleicht war es ein Defekt. Dann dachte er, daß es seine Liebe zu Alix sei, die seinen besten Freund geheiratet hatte.

Er hätte wahrscheinlich niemals davon gesprochen. Wie sollte man erklären, daß man, beruflich erfolgreich und insgesamt geübt im Leben, den Boden unter den Füßen dennoch vollständig verlor?

Alix sprach es aus. Manchmal dachte er, daß sie nicht nur unsinnig gut hörte, sondern Gedanken lesen konnte.

Diese ganze Diskussion über Religionsunterricht, sagte sie später beim Abendessen, und Ethikunterricht, und wie die Leute schimpfen, die Religion für Verblendung halten – kann ja sein, aber es ist doch seltsam, wenn es von denen beredet wird, die nie so erschüttert sind, daß sie nicht mehr ein noch aus wissen.

Oder ins Kloster gehen wollen, sagte Bernd. Wie es bei Wittgenstein heißt: Früher sind die Menschen ins Kloster gegangen, und es waren keine dummen oder stumpfen Menschen.

Aber deswegen könnt ihr doch nicht dafür sein, daß alle christlichen Religionsunterricht bekommen? wehrte Jan ab.

Sagt doch keiner! protestierte Bernd. Wer sagt denn, daß es christlich sein muß?

Na, in den Schulen wird ja nicht der Talmud gelehrt.

Anton saß still da. Hallo, Anton, bist du noch da? fragte Bernd.

Jaja, sagte er. Ich weiß einfach nicht, was ich denke. Ich mag dieses ganze Jenseits-Gerede nicht. Aber ehrlich gesagt, wenn ich bei meinen Eltern spazieren gehe, abends, bevor das Licht ganz verlischt, und wenn die Blumen noch gerade leuchten, und wenn der Mond aufgeht, und wenn …

Hör auf! lachte Bernd und strahlte. Doch ein Romantiker.

Jan, sag' du was, bat Anton. Du mußt doch deinen Patien-

ten sagen können, daß es ein Glück ist, wenn man lebt? Und daß es nichts anderes gibt? Daß es das Kostbarste ist, was wir haben?
Jedenfalls das einzige, sagte Alix.

Um acht Uhr hupte es vor seiner Wohnung kurz, er hörte es sofort, die Tasche stand neben der Tür, in Windeseile war er bei ihr.
Sie hatte die Scheibe des Autos, eines alten Opel, heruntergekurbelt, auf dem Beifahrersitz war noch der Kindersitz montiert.
Müssen wir nach hinten tun, sagte sie zu ihm, falls du neben mir sitzen willst.
Er nickte bloß. Sie schauten sich an.
Ja, sagte sie lächelnd, unbekümmert; aber was war es gewesen, dem sie zustimmte?
Anton lachte. Und wenn es ein Heiratsantrag war? fragte er.
Dann wahrscheinlich auch ja, sagte Lydia, irgendwann einmal. Demnächst.
Er bewegte sich nicht. Er schaute sie an und dachte, daß er jetzt nichts sagen durfte. In seinem Kopf war es still, nur eines wollte er wissen. Wann? Aber er schwieg. Dann dachte er, daß er einsteigen mußte, um den Zug nicht zu verpassen. Wolfsburg mit Anschluß nach Calberlah.
Jetzt muß ich gehen, sagte er, sonst warten meine Eltern vergeblich.
Ja, sagte Lydia. Nun steig' endlich ein. Nimm den Kindersitz und lege ihn auf die Rückbank.

Der Waggon war einigermaßen leer, Anton fand zwei freie Plätze in Fahrtrichtung, er hatte eine Fachzeitschrift mitgenommen, legte sie aber, bevor sie Berlin verlassen hatten, beiseite, zu glücklich, um zu lesen, zu aufgeregt, er konnte nichts tun, als aus dem Fenster schauen, und die falsche Landschaft hinter Berlin war beinahe noch zuviel, es war, als läge sein Herz bloß, er legte eine Hand auf die andere, als müßte er sich selber Halt geben. Sie könnten eine gemeinsame Wohnung haben oder ein Haus. Sie könnten ein gemeinsames Kind haben. Er mußte aufstehen und ein paar Schritte hin und her gehen.
Und wir fahren zusammen in Ferien, sagte er laut, mit Rachel. Ein junges Mädchen schaute verwundert auf, sah ihn an und lächelte strahlend.
Vielleicht, dachte er, vielleicht wird es sogar zu Hause schön, vielleicht sind die Erdbeeren angegangen. Vielleicht, dachte er, ist es besser geworden. Vielleicht würde sie sagen: Aber Junge, ich weiß doch, daß ich die Erdbeeren vergessen habe. Helmer hat mir gesagt, du hast vor zwei Wochen noch Pflanzen gekauft. So ein Unfug. Was soll daraus schon werden? Du bekommst nächstes Jahr wieder Marmelade. Zwei oder drei Gläser habe ich noch im Keller.
Er sah ihr Gesicht vor sich. Es war nicht so groß, wie es neulich in der Nacht gewesen war. Es war das vertraute Gesicht seiner Mutter. Sie lauschte, wie er es unzählige Male gesehen hatte, ob sein Vater etwas sagte, und es hatte ihn gekränkt, daß sie so nur auf ihren Mann lauschte, nicht auf ihren Sohn. Sein Vater schwieg, er blickte nachdenklich auf Anton, ihm war, als hörte er Wilhelm sagen, wenn wir sterben, dann sei nicht traurig. Er wollte den Kopf schütteln, immer

mischte sich sein Vater ein. Das weiß Anton doch, sagte seine Mutter geduldig. Er ist ja nicht dumm.

Sie standen nebeneinander und schauten zu Anton, der mit geschlossenen Augen wieder auf seinem Sitz saß. Sie beugten sich ein bißchen zur Seite, um Lydia besser zu sehen, die gerade ihrer Tochter ein paar Bilderbücher zeigte, die Antons Mutter aus einem Schrank geholt hatte. Ich wußte gar nicht, daß du so etwas aufhebst. So etwas? fragte seine Mutter mit gespielter Empörung. Ich habe einen ganz Schrank mit Spielzeug auf dem Dachboden! Natürlich habe ich eure schönen Spielsachen aufgehoben, und von deinem Vater und von mir gibt es auch noch Bücher und einen Kaufladen.

Anton öffnete die Augen, sie fuhren über die Elbe, der Fluß lag breit und still da, ein Angler stand am Ufer, schaute nicht zu dem Zug. Der Mord in dem vietnamesischen Restaurant fiel ihm wieder ein. Keiner hatte überlebt, die beiden Besitzer, zwei ihrer Angestellten (Köchin und Kellnerin wahrscheinlich) und die kleine Tochter der einen waren erschossen worden, man hatte nicht verstanden, warum.

Ich bin sicher, der jüngste Bruder war beteiligt, hatte Heinrich gesagt, als Anton die beiden am Tag der Beerdigung besucht hatte, und ich werde dafür sorgen, daß er bestraft wird.

Was für ein seltsames Pathos in der Stimme eines alten Mannes, der wußte, daß es auf ihn nicht mehr ankam. Anton hatte genickt, aber in seinem Gesicht war wohl zu lesen gewesen, daß er ungläubig war. Du bist ungläubig, hatte Heinrich gesagt. Sie hatten einander gegenübergestanden, fast gleich groß (nur Jan war größer als Heinrich), ein alter

Mann und einer, der die Lebensmitte gerade überschritten hatte. Ich beneide dich, hatte Heinrich unvermittelt gesagt, leise, damit Clara ihn nicht hören sollte.

Kommt Lydia, hatte aus der Küche noch einmal Clara gerufen, kommt sie am Wochenende mit?

Heinrich hatte genickt, während Anton zurückgerufen hatte, ich frage sie, Clara, sie kommt bestimmt bald einmal mit.

Anton hörte den Fahrkartenkontrolleur mit einem anderen Fahrgast streiten. Gestern hat jemand auf den Gleisen gelegen, wollen Sie dafür auch die Bahn verantwortlich machen? explodierte der Schaffner plötzlich. Es war immerhin ein Mensch! Und worüber regen Sie sich überhaupt auf? Über eine Verspätung von drei Minuten, ja?

Dann näherten sich seine Schritte rasch, er sah, daß Anton ihn gehört hatte.

Tschuldigung, sagte er, manchmal wird man laut, immer das Gemaule über die Verspätungen, zwei Minuten, das ist ja wohl lächerlich, und gestern, gestern hat sich ein junger Mann auf die Gleise gelegt, da fällt dem Herren da hinten nichts ein, als sich zu beklagen, gestern sei der Zug ja auch zu spät gewesen, und der Zugführer liegt im Krankenhaus mit einem Schock.

Sie haben recht, beruhigte ihn Anton, Sie haben völlig recht.

In Wolfsburg war es wärmer, als es in Berlin gewesen war. Er rief, wie es ausgemacht war, Helmer an und sagte, sein Zug werde pünktlich eintreffen. Helmer würde ihn am Bahnhof in Calberlah abholen, mit ihm zum Acker fahren und ihn dann zu seinen Eltern bringen.

Ihre Mutter war vorgestern da, sagte Helmer, ich habe sie zufällig gesehen. Sie hat die Reihen geharkt, als wäre es das Selbstverständlichste von der Welt. Nun habe ich schon befürchtet, hat sie zu mir gesagt, daß ich die Erdbeeren vergessen habe. Na, so weit ist es ja noch nicht mit mir, sehen Sie, hat sie gesagt. Dachte ich doch glatt, ich habe die Erdbeeren vergessen.

Mein Gott, sagte Anton erschüttert.

Na, das wollten Sie doch? Aber die Pflanzen, sage ich Ihnen, und mit der Erdbeermarmelade, das wird nichts dieses Jahr. Hab' ich Ihnen ja gleich gesagt, so spät verwurzeln die nicht mehr, wenn die Früchte schon dran sind. Oder wollen Sie dann noch reife Erdbeeren dazuhängen wie an einen Weihnachtsbaum?

Helmer bremste. Brauchen Sie bloß einen Blick werfen, zu tun ist hier nichts.

Anton stieg aus.

Er sah sofort die Handschuhe seiner Mutter und eine Gießkanne, die sie vergessen hatte. Ihre Fußspuren sah er auch.

Ja, sagte er, als er wieder zu Helmer ins Auto stieg.

Helmer schaute ihn an. Na, sagte er. Dann fügte er hinzu: Wissen Sie, was sich nicht aufhalten läßt, läßt sich nicht aufhalten.

Die Wohnung hatte Rüdiger von einem Unteroffizier übernommen, und da es eine kleine Zwei-Zimmer-Wohnung war, im Hochparterre und dunkel, ließen die neuen Besitzer ihn schließlich in Ruhe. Sie hatten Angst vor ihm. Ein einziges Mal hatte der Besitzer sein Recht erstritten, die Wohnung zu sehen, um mit seinem Architekten die Renovierung des Hauses, den Einbau eines Aufzugs, die Verlegung der neuen Wasserrohre planen zu können. Alles war picobello gewesen. Die Küche war aufgeräumt, es standen kaum Flaschen herum, zwei Bierflaschen, eine Weinflasche zählte der Architekt, der gerade seinen dreißigsten Geburtstag gefeiert hatte. So möchte ich nicht sterben, hatte er gedacht, als Rüdiger sie durch die Wohnung führte, sich ans Fenster stellte, in seinen Camouflage-Hosen, mit einer schwarzen Jacke und schwarzen Springerstiefeln.

Er hatte immer noch auffällig grüne Augen, auch wenn sie matt waren.

Manchmal stand er jetzt, wenn er sich rasieren wollte, minutenlang bewegungslos vor dem Spiegel und konnte sich nicht rühren. Wie außer Gebrauch sah er aus.

Vor einem Jahr hatte er gedacht, daß er es geschafft hatte, er hatte bei P&C eine graue Flanellhose gekauft, drei Hemden, ein weißes, ein hellblaues und ein rosafarbenes, dazu ein glattes Jackett, dunkelgrau; er sah gut aus, die Verkäuferin hatte ihn ungerne gehen lassen, seine Haare waren auch gewachsen. Nur Schuhe brauchte er noch.

Wenn er auch ein paar ordentliche, schwarze Halbschuhe hätte, würde er Lydia aufsuchen. Es war nicht schwer, ihre neue Adresse herauszufinden, er mußte ihr nur von ihrer Praxis nach Hause folgen. Dann würde er ihr einen vernünftigen Vorschlag machen.

Zum Mittagessen würde er sie einladen, hatte er überlegt, in ein gutes Restaurant, an einen vertrauenerweckenden Ort.

Wie Robert Redford sehen Sie aus! hatte die Verkäuferin begeistert ausgerufen, als er in Jackett und rosa Hemd vor

ihr stand, und wirklich sah er Robert Redford ähnlich, wie er in »Jenseits von Afrika« ausgesehen hatte; er malte sich aus, wie überrascht Lydia sein würde, wenn sie ihn so sah. Sie hatte sich längst wieder gefangen. Jetzt war auch er ein anderer. Damals hatte er Camouflage-Hosen getragen und Polohemden, Sommer wie Winter, sie hatte ihm einen dikken Pullover geschenkt, eine Art Seemanns-Pullover.
Schuhe zu kaufen zögerte er hinaus. Er suchte auch eine bessere Arbeit, er mochte den Sicherheitsdienst, er mochte es, nachts durch die großen Gebäude zu gehen, alleine, mit einer Schußwaffe, aber für eine Frau wie Lydia war das natürlich nichts.
Wie es kam, daß alles schief ging, ließ sich kaum erklären. Vielleicht war es doch eine Art Schicksal, wenn er auch nie daran geglaubt hatte, an Vorbestimmung. Aber als es in der Wohnung dunkel geworden war, weil die Gerüstbauer das Gerüst mit einer dicken, dunklen Plane verhängt hatten, um den Putz darunter abzuschlagen, fing er an zu glauben, daß es unausweichlich war. Unausweichlich. Auf den Zettel, auf dem er notierte, was er Lydia sagen wollte, wenn sie sich wiedersähen, schrieb er das Wort. Aufgeschrieben sah es harmlos aus, ein Wort wie andere, auf den ersten Blick, dann aber doch nicht. Normalerweise schrieb er gar nichts auf, er hatte es nicht nötig, sein Gedächtnis war ausgezeichnet, er vergaß nichts. Vor Jahren hatte er seiner Mutter hin und wieder eine Postkarte geschrieben. Auf eine unangenehme Weise war es lächerlich, Sachen aufzuschreiben, Lydia hatte ihm sogar zwei Bücher geschenkt, du könntest, hatte sie gesagt, doch etwas lesen, und ausgesucht, was ihn ihrer Meinung nach interessieren würde; nachdem sie ihn

verlassen hatte, hatte er sogar in den Büchern gelesen, aber ihm sagte so etwas nichts. Geschichten von Leuten, die es nicht gab. Etwas war dann aber doch hängengeblieben, nämlich die unangenehme Frage, die ihm eines Nachts eingefallen war, ob es wirklich einen Unterschied machte. Was er ihr erzählt hatte. Was sie in ihren Büchern las. Vielleicht brauchte sie ihn deswegen nicht. Er ärgerte sich, daß er über so etwas überhaupt nachdachte. Nur nagte der Verdacht weiter, all diese Sätze. Man bekam nicht zu greifen, was sie machten, diese Wörter. Sie standen da, sie erinnerten Rüdiger manchmal an das, was man über tropische Krankheiten hörte, über bestimmte Würmer oder über Insekten, die einen krankmachten, weil sie im Körper blieben und sich dort ernährten. Von irgendeiner Substanz fraßen die Wörter auch, so daß man schwächer wurde; sie standen auf dem Papier, nichts weiter, aber die Spulwürmer gerieten auch versehentlich in den Körper, wenn man im falschen Fluß badete oder wenn man etwas trank, es war gefährlich, so sehr, daß man es ignorierte, weil einem nichts anderes übrig blieb, und dann erwischte einen die Krankheit oder eben auch nicht. Wer konnte schon sagen, warum. Die Toten zählten weder Kugeln noch Würmer. In den Kämpfen kam nur noch selten einer um, es war eher in den Camps gewesen, daß einer krank wurde, die meisten sagten es zu spät, und sowieso saß keiner bei ihnen, wenn sie starben, sie hatten ihr Lager abseits, manchmal konnte einer rechtzeitig abtransportiert werden, die anderen sangen dann lauter als sonst, aber gesungen wurde jeden Abend. Irgendwann dämmerte jedem, daß er gearscht war. Sie robbten durch den Schlamm oder kehrten irgendeinen Hof, so groß war der

Unterschied nicht, sie räumten die Spinde auf, sie machten Liegestützen, sie ließen sich anbrüllen, das vor allem. Rüdiger hatte versucht, Lydia davon zu erzählen, aber er erinnerte sich nicht, wann er begriffen hatte, daß er nicht mehr wert war als seine Lebensversicherung, daß seine Eltern ihn nicht vermißten, er war nicht entkommen, es war kein Ausweg gewesen. Jeder kapierte irgendwann, daß die Legion kein Ausweg war. Aber auch wenn damit alles zu Ende war, blieb die Frage, wie es weiterging, denn es ging immer weiter, sie schliefen, sie wurden geweckt, sie suchten sich eine ruhige Ecke, um zu essen und ihre Notdurft zu verrichten. Alle machten weiter, nicht einmal der Tod schien daran etwas zu ändern.

Er konnte es nicht leiden, wenn die Leute Erklärungen suchten, warum sie zur Legion gegangen waren. Darüber redete er mit Lydia auch nicht, ebenso wenig wie über seinen Freund Martin. Es war so gekommen, nicht, weil es so hatte kommen müssen, sondern sie es gewollt hatten und weil es für sie besser gewesen war als jedes andere Leben, auch wenn sie es manchmal haßten. Auch wenn jeder, wirklich jeder von ihnen irgendwann begriffen hatte, daß man nur eine Demütigung durch eine andere ersetzte.

Lydia machte auch weiter. Er hatte sie aufgesammelt, die meiste Zeit war sie betrunken gewesen, sie hatte Schulden gehabt, man hatte sie rausgeschmissen aus ihrem Café. Wahrscheinlich hätte sie auf der Straße weitergetrunken. Er nahm sie mit zu sich.

Und dann war er auf diese verrückte Weise großzügig, nicht, weil er Lydia Geschenke machte oder ihre Schulden bezahlte, sondern weil er ihr Leben annahm wie es war, ihre schlechten Eigenschaften, wie verkommen sie war, hochfahrend, wie sie andere zur Seite wischte, als wären sie gar nicht da. Er hatte sie verfolgt. Er hatte sie nicht mehr aus den Augen gelassen. Immer war einer von ihnen beiden, er oder sein Freund Martin, bei ihr gewesen, auch wenn sie es nicht wußte.

Und dann war das Kind gekommen. Er dachte, daß es sie retten würde, sie und ihn, ein Kind konnte zwei Leute retten. Aber sie hatte ihn zurückgewiesen, mit dem Kind im Bauch hatte sie sich von ihm abgewandt, als gehörte es ihr allein. Und er hatte es hingenommen. Ihr Gesicht veränderte sich. Sie hörte auf zu trinken. Sie kehrte in ihr Leben zurück und konnte ihn nicht länger gebrauchen. Und er hatte ihre Entscheidung respektiert, er sagte es ihr, damit sie zu ihm zurückkehren würde, aber er respektierte sie. Als er erfuhr, daß es eine Tochter war, brach es ihm das Herz. Betrunken sagte er das einmal zu Martin, es klang abgedroschen, aber der Satz ging ihm nicht aus dem Kopf, es war wie etwas, das physisch war, als wäre wirklich sein Herz entzweigebrochen, und Martin hatte genickt.

Es war immer noch so. Er setzte sich manchmal ganz still hin und lauschte in sich hinein, er ging spazieren, in den Park.

Als Lydia mit dem Baby auf dem Arm aus dem Krankenhaus gekommen war, hatte er hinter einem Taxi verborgen gestanden. Das Baby war in einer winzigen Trage gewesen, die Lydia sich über den Arm gehängt hatte.

Und dann hatte er, das einzige Mal in seinem Leben, jemanden angefleht, er hatte gebettelt, bis Lydia nachgegeben hatte, ein einziges Mal, und er sah sie, seine Tochter, ohne sie anzufassen. Er war innerlich verkommen, sagte er sich. Ihr Gesicht war so glatt gewesen und vollkommen. Er durfte sie nicht anfassen. Aber er hatte diese verrückte Großzügigkeit, sagte Lydia. Zu dem Treffen im Museumscafé hatte er keine neuen Kleider gehabt. Er wußte, daß sie ihn noch immer begehren würde. Er wußte, daß er sie noch immer überreden konnte, physisch, zu irgend etwas, das hatte mit Gewalt nichts zu tun.

In einer sauberen, gebügelten Hose war er gekommen, auf dem Kopf ein Käppi. Alle hatten sich nach ihm umgedreht.

Er nahm das Käppi ab. Wenn er saß, sah man die Camouflage-Hose nicht.

Dann sah er aus wie Robert Redford, auch ohne Anzug oder gebügeltes Hemd, nur die Haare waren zu kurz geschnitten.

Einen Augenblick gab es, in dem Lydia schwankte. Für die Schwäche von Leuten hatte Rüdiger immer das richtige Gespür. Er sah es, er fühlte es, als er sich zu dem Kind hin beugte, die Hände hinter dem Rücken.

Bei Lydia war er es gewesen, der ihr die dunkle Seite gezeigt hatte, und es hatte beiden gefallen, sie war hilflos und hingegeben gewesen wie bei keinem anderen Mann, da, wo das Begehren war, das sich über alles hinwegsetzte, es war die dunkle Seite, die man nie wieder vergaß, auch wenn man zu einem geordneten Leben zurückkehrte, wie Lydia das tat, als sie nach und nach ihre Freunde anrief, nein, ich bin noch in Berlin, ich bin nach Kreuzberg gezogen, ja, in die Nähe meiner Praxis, die Wohnung im Prenzlauer Berg habe ich vor ein paar Monaten verlassen; sie versuchte drei Mal, ihn irgendwohin mitzunehmen, zu Freunden, aber er sprengte alles. Es waren die Kleider, aber nicht nur. Die Art, wie er anmaßend war. Sie fanden ihn komisch, sie hatten Angst vor ihm.

Dann waren sie entsetzt, weil Lydia schwanger war. Aber Lydia blieb dabei, daß sie nicht wußte, wer der Vater war. Sogar Rüdiger wußte es nicht mit Sicherheit. Das hatte sie, dachte er, von ihm gelernt. Sie war stark geworden, sie konnte ein Geheimnis für sich behalten.

Du wirst mich immer begehren, hatte er ihr zugezischt und sie gehalten, wie es ihm gefiel, im Café, vor aller Augen, und sie mußte nachgeben, sie war in seinen Armen.

Das war es, was sie seine Großzügigkeit nannte. Er ließ sie los. Er hatte auf sie verzichtet, auf seine Tochter. Das war jetzt drei Jahre her.

Die dunkelgrünen Folien, die ihm die Sicht versperrten und ein grünes, düsteres Licht übrigließen, machten ihn fertig. Er bewahrte die neuen Kleider in einer Reisetasche auf, weil er keinen Koffer besaß, er wollte nicht, daß sie staubig würden, überall kam der Staub herein, als die Arbeiter, Polen waren es, anfingen, den Putz abzuschlagen.

Das Schachbrett, mit dem er sich die Zeit vertrieben hatte, stand unberührt auf dem Wohnzimmertisch. Mehr als das Schachbrett und eine Flasche und ein Aschenbecher paßten nicht darauf, und eines Tages stand da eine neue Figur auf einem der weißen Felder. Sie brachte alles durcheinander, vor allem begriff er nicht, wo sie herkam.

Wirklich und wahrhaftig hatte er an einen Neuanfang gedacht. Aber das Gespräch darüber, es kam nie zustande. Er folgte ihr, von der Praxis in den Kindergarten, vom Kinder-

garten nach Hause. Ich passe ein Mal in der Woche auf die Kleine auf, sie muß ja nicht wissen, daß ich ihr Vater bin, ich passe nur auf sie auf, wie ein Babysitter, damit du ausgehen kannst. Er stellte sich vor, wie er Lydia das sagte, aber er wußte, sie würde seinen Vorschlag nicht akzeptieren. Sie fürchtete sich vor ihm.
Auf ihre Weise besiegte sie ihn. Da sie sich vor ihm fürchtete, wurde real, was bloße Angst war in seiner Vorstellung. Er könnte dem Kind etwas antun. Er könnte den kleinen Körper, der so leicht zu zerstören war, auf dem Boden zerschmettern.

Beim Frühstück hatten sie darüber gesprochen, daß Anton kommen würde, dreimal sagte Wilhelm, er werde ihn vom Bahnhof abholen, dreimal erwiderte Hilde, Anton habe gesagt, er werde alleine kommen, zu Fuß, aber Wilhelm vergaß es wieder, er sagte, ich hole Anton vom Bahnhof ab.
Beim dritten Mal unterbrach er sich selbst mitten im Satz. Er sah verwirrt aus. Es fiel ihm nicht wieder ein, was er vergessen hatte. Sie sah ihn abweisend an. Dann sagte sie: Anton hat gesagt, daß er alleine kommt.
Sie wunderte sich selbst darüber. Hatte Anton ihr gesagt, warum er nicht abgeholt werden wollte?
Seit der Pensionierung seines Vaters war es doch immer so gewesen, daß Wilhelm oder sie beide gemeinsam ihren Sohn abholten vom kleinen Bahnhof, man konnte ja laufen. Es machte keine Mühe. Es nahm so wenig Zeit in Anspruch, daß sie nicht einmal den Herd ausschalten und die Töpfe herunternehmen mußte. Sie hatte immer gerne gekocht, besonders dann, wenn die Kinder nach Hause kamen.

Überhaupt hatte sie ja für die Kinder kochen gelernt, erst den Brei, dann kleine Sachen wie Pfannkuchen und Reis mit Erbsen, dann alles andere. Wenn ich nicht mehr kochen kann, ist es wirklich Zeit zu gehen, hatte sie zu Anton gesagt, als sie anfing, vergeßlich zu werden. Allmählich fiel es ihr schwer. Sie stand Minuten lang vor dem Herd und vergaß, was sie tun mußte. Alles war noch da, so wie im Schrank alle Gewürze waren, die sie benutzte, und die übrigen Vorräte auch, geordnet, darauf achtete sie, seit sie die Wacholderbeeren vergessen hatte, weil das Glas irgendwo hinten im Regal stand, aber die Ordnung hielt nicht. Sie nahm sich vor, etwas aufzuschreiben.
Denn sie merkte, wenn sie etwas vergessen hatte. Sie wollte sich konzentrieren und atmete ruhig. Entweder drehte sie sich dahin, wo sie vorher gewesen war, oder sie blieb im Gegenteil unbewegt stehen. Sie versuchte aufzulisten, was zu dem Verlorenen führen würde. Ihre Gedanken glitten nicht ab, sie stolperte nicht, es war eher, als berührte sie etwas, das nachgab und sich dabei auflöste. Die Berührung war unangenehm wie die mit einer faulen Stelle an einem Apfel, der makellos ausssah. Es war nämlich der Moment, bevor sich die weichen Stellen braun verfärbten und faul wurden. Dann würde sie nicht mehr das Wichtige so anordnen können, daß es ihr doch wieder einfiel, sie würde, dachte Hilde Weber, bloß dastehen und auf unbekannte Weise ruhig sein. Sie hatte Angst. Über fast alles, nach fast fünf Jahrzehnten Ehe, die gelungen und voller Enttäuschungen gewesen war, sprach sie mit Wilhelm, aber nicht darüber. Weder Scham noch Mitleid (denn sie sah, wie er selber verlorenging) hinderten sie. Wie sollte sie beschreiben, was sie selber nicht

sehen noch begreifen konnte, wie sollte sie erklären, daß nichts so intim war wie diese Leere, dies Handausstrecken in die Dunkelheit, eine Dunkelheit, die nicht nur die Sicht auslöschte, sondern die Hand selber, auf schmerzloseste Weise.

Hätte es Schmerzen gegeben. Schmerzen aber gab es nicht. Und sogar die Angst war, obwohl sie würgend sein konnte, unwirklich. Und Wilhelm vergaß, was sie ihm sagte. So daß sie nie sicher war, ob sie nicht längst schon von ihrer Angst erzählt hatte. Was dachte er von ihr?

Die Putzfrau hatte Hilde gegen den Rat ihres Mannes und ihres Sohns entlassen. Die beiden glaubten wohl, sie werde geizig auf ihre alten Tage. Dabei wollte sie nur selber ihr Haus in Ordnung halten. Jeden Gegenstand nahm sie in die Hand und stellte ihn wieder an seinen Platz. Tatsächlich war alles viel gepflegter als zu der Zeit, da Marianne ein Mal die Woche sauber gemacht hatte. Das Putzen war leichter als das Kochen. Was sie vergaß, blieb unbemerkt oder zeigte sich bei anderer Gelegenheit. Auch wenn sie nicht sicher war, wonach sie suchte, fiel ihr der Staubsauger ein, sobald sie darüber stolperte. Sie konnte darüber auch lachen.

Staubtuch und Putzmittel verschwanden zwar, tauchten aber wieder unvermutet auf, wie früher Spielzeuge, die sie aus Schabernack für ihre Kinder versteckt hatte, Anlaß, in hintersten Ecken zu kramen, im Arbeitszimmer Wilhelms, in der Küche, überall dort, wo sonst die Kinder nichts zu suchen hatten, und Caroline hatte mit Anton laut gejubelt, sie hatten ihre Anorakjacken ausgezogen und gesucht, im ganzen Haus. So war das Erscheinen des Schrubbers eine fröhliche Sache, wenn sie mit dem Scheuerlappen in der einen, dem Eimer in der anderen Hand durchs Haus irrte, es war etwas wie ein Gruß, und Hilde begann, mit dem Putzzeug zu reden, ein zutrauliches Geplauder nebenher, wogegen sie verstummte, wenn sie wie blind beim Kochen etwas suchte, ein Gewürz, etwas, was an der Soße fehlte, sie schmeckte es ja genau. Das Salz vergaß sie nicht. Und für die Kinder würde sie immer kochen, und heute vormittag sollte Anton kommen. Warum er alleine vom Bahnhof kommen wollte, hatte sie vergessen. Aber was schadete es, wenn Wilhelm ihn abholte? Sie würde solange das Essen vorbereiten. Auch wenn erst Samstag war, wollte sie einen Braten machen, Klöße dazu. Wer weiß, wann er anderntags abreisen müßte. Sie suchte nach dem Fleisch, einem Bürgermeisterstück, das sie vor einer Woche gekauft, eingefroren und gestern aus dem Eisfach in den Kühlschrank gelegt hatte.

Ich gehe jetzt, rief Wilhelm.

Ja, antwortete sie halblaut. Er ging. Er kam nicht mehr in die Küche. Sie hätte ihm gesagt, daß Anton doch alleine kommen wollte, er hatte ja nicht einmal angekündigt, welchen Zug er nehmen würde, nur, daß er um halb elf Uhr da sei, spätestens. Sie hörte die Tür ins Schloß fallen. Der Kühlschrank stand auf dem Boden, sie mußte sich bücken oder davor knien, um nach dem Fleisch zu suchen, sie suchte, sie zwang sich, systematisch vorzugehen, durch die Tränen, die ihr in die Augen stiegen, sah sie nicht gut.

Dann ging wieder die Tür, sie hörte es aber nicht.

Als Anton hereinkam, begriff er nicht, was er sah, seine Mutter zusammengesunken, aber offenkundig bei Bewußtsein und nicht etwa gestürzt, vor dem Kühlschrank, eine Träne lief über ihre Backe, es verschlug ihm die Sprache. Vor seinen Augen verlor seine Mutter die Fassung, sie drehte sich zu ihm, anscheinend erkannte sie ihn nicht gleich, sie dachte, er sei Wilhelm, sie richtete sich etwas auf, streckte die Hand nach ihm aus, daß er ihr aufstehen helfen sollte, dann wollte sie etwas sagen, schluchzte aber, bevor sie sich, als sie ihren Sohn erkannte, faßte und verlegen lächelte. Wie sie sich schämte, sah er. Er sah ihre bittere Angst, auch, daß sie schon wußte, es ließ sich nichts mehr ändern. Die Scham war so groß, daß etwas in ihr nachgab.

Anton, wie schön, daß du gekommen bist! rief sie aus. Es war, als hätte sie den Anlaß ihres Kummers vergessen. Nun ist gerade dein Vater losgelaufen, hast du ihn nicht mehr gesehen?

Anton schüttelte den Kopf und umarmte sie.

Was hast du denn gesucht, Mama? Er streichelte so leicht ihr Haar, daß sie es nicht fühlte. Verwirrt und schuldbewußt blickte sie ihn an, dann schaute sie zum Kühlschrank, ein paar Sachen lagen verstreut auf dem Fußboden, wortlos kniete sie sich wieder hin und begann einzuräumen.

Dann fing sie an zu weinen.

Als Wilhelm zurück war, er hatte sich mit stampfenden Schritten genähert und die Tür zugeschlagen, verärgert, seinen Sohn am Bahnhof nicht angetroffen zu haben, gingen sie zu dritt einkaufen, das Fleisch hatte sich im Eisfach gefunden, es würde zum Mittag nicht auftauen, Anton hatte eingewilligt, anderntags bis nach dem Essen zu bleiben; jetzt lag auf dem Küchentisch auf einem Porzellanteller das Bürgermeisterstück und taute auf.

Ich lade euch zum Essen ein, rief Anton, als sie sich der Fußgängerzone näherten. Seine Eltern blieben stehen und

schauten ihn unsicher an. Sie hielten sich nahe beieinander, so, daß ihre Arme sich berührten, Anton bemerkte, wie viel kleiner sein Vater geworden war mit den Jahren, fast waren sie beide gleich groß. Obwohl es ein warmer Tag war, hatten beide ihre Mäntel angezogen, seine Mutter hatte festes Schuhwerk für ihren Mann herausgesucht.
Was meint ihr? fragte Anton aufmunternd.
Hilde schaute sich um, als könnte sie an den Häusern ablesen, was sie jetzt tun sollte. In ein Restaurant? fragte sie. Wilhelm, was meinst du, sollen wir in ein Restaurant gehen?
Machen wir doch sonst auch nicht, sagte Wilhelm.
Ich lade euch ein, wiederholte Anton.
Sie wandten sich zu ihm.
Schaut doch, dort ist ein vietnamesisches Restaurant, wollen wir es ausprobieren?
Aufmunternd winkte Anton und nahm seine Mutter am Arm.
Sie folgten ihm, aber widerwillig, sein Vater blieb vor dem Kasten mit der Speisekarte stehen, es war, als versuchte er etwas in seinem Gedächtnis wiederzufinden, er murmelte vor sich hin. Als Anton ihnen die Tür aufhielt, spähten alle drei in den Gastraum, er war fast leer, nur ein junges Pärchen saß in der Ecke, aneinander geschmiegt, ohne sich nach ihnen umzudrehen.
Das ist ja gar nicht voll, sagte Antons Mutter erleichtert. Zielstrebig ging sie auf einen Tisch in der Mitte zu. Hier ist es gut! rief sie und zeigte an die Decke, als wäre dort ein Oberlicht. Sein Vater folgte ihr, er setzte sich gehorsam, er suchte das Gesicht seines Sohnes, es war, als wollte er ihn fragen, warum Anton sie wegbringe und wohin. Wo warst

du heute? fragte er unvermittelt. Ich habe dich doch abgeholt, aber du warst nicht mehr da.
Ich habe den früheren Zug genommen, erklärte Anton.
Warum hast du das nicht gesagt?
Ich war spazieren, sagte Anton.
Er schaute sich hilfesuchend um. Ein trüber Mittag drohte es zu werden, er kramte abwesend in seiner Jackettasche, es waren die Handschuhe, die den Stoff ausbeulten, die Gartenhandschuhe seiner Mutter, unbedacht zog er sie heraus.
Du hast deine Handschuhe vergessen.
In ihrem Gesicht war nichts als Alarm. Woher hast du die Handschuhe? Wo habe ich die Handschuhe vergessen?
Anton schauderte. Sie sah zornig aus. Was hast du gemacht, hast du mir nachspioniert?
Hilde Weber richtete sich empört auf. Du warst auf dem Acker und hast geguckt, ob ich auch die Erdbeeren gepflanzt habe? Das hast du getan, deswegen sollte dein Vater dich nicht abholen? Damit du in Ruhe hinter mir herspionieren kannst, was ich alles vergesse?
Nein, Mama, hör doch zu! Anton streckte die Hand aus.
Das kannst du dir jetzt sparen! Sie stand auf. Sie schob laut den Stuhl zurück und stand auf, rot geworden vor Aufregung, den Tränen nahe.
Das trifft sich ja gut, daß wir heute nicht zu Hause essen. Dann könnt ihr beiden gerne hier bleiben, ich gehe nach Hause.
Ohne abzuwarten stand sie auf, den Mantel nahm sie nicht mit, die Handtasche nicht, und lief zur Tür.
Anton saß wie erstarrt.
Aber was habe ich denn getan? wandte er sich hilfesuchend

an seinen Vater, doch sein Vater schaute seiner Frau hinterher, von etwas verwirrt, das er mit Anton nicht teilte, dann wandte er sich zum Tresen und winkte der Bedienung, die in dem Halbdunkel plötzlich aufgetaucht war.
Soll ich ihr hinterherlaufen? fragte Anton.
Sein Vater schüttelte den Kopf. Laß nur, sagte er. Wenn sie so zornig ist, will sie ihre Ruhe haben. Er hielt die Speisekarte in der Hand. Ein Bier will ich jetzt, sagte er zu der Kellnerin, die an den Tisch getreten war. Ein Bier und dann etwas mit Huhn, nichts Scharfes. Und meinem Sohn bringen Sie auch ein Bier.
Er schaute streng zu Anton. Rinderbraten bekommst du morgen bei deiner Mutter, such' dir also was anderes aus.
Bringen Sie mir eine süß-saure Suppe bitte, sagte Anton und schaute endlich zur Kellnerin hoch.
Sie schrieb die Bestellung in ihren Block, umständlich, schien ihm, dann wartete sie, den Stift in der Hand, auf eine weitere Bestellung, und da nichts folgte, richtete sie fragend ihre Augen auf Anton, ohne jedoch etwas zu sagen; es war so still, daß man aus der Küche Stimmen hörte und Geklapper, und eine Fliege summte nahe an Antons Gesicht vorbei. Er schüttelte den Kopf. Und sie ging. Sie ähnelte nicht der viel älteren Vietnamesin, die vor ein paar Wochen in ihrem Restaurant in Zehlendorf erschossen worden war, aber Anton erschrak doch. An ihrer Hand bemerkte er einen kostbar aussehenden Ring, um den Hals trug sie ein feines Kreuz aus Gold.
Das sind wenigstens Christen, sagte sein Vater, als sie gegangen war. Anton schaute ihn überrascht an. Wir haben doch in der Zeitung von dem Mord bei euch gelesen.

Das waren auch Christen, sagte Anton, ohne es genau zu wissen, er war nur empört. Was hat das denn damit zu tun?
Hier werden alle erpreßt, fügte sein Vater nebulös hinzu und verstummte, als die Kellnerin die Gläser brachte.
Wie bei euch, sagte er, als die Kellnerin die Gläser abgestellt hatte und sich entfernte, diese Mörder.
Sie sind ermordet worden, erwiderte Anton steif.
Läuft auf das gleiche raus, sagte Wilhelm Weber, als wäre er Zeuge einer Welt, so dunkel, daß man darin nicht leben mochte. Mörder, Ermordete. Die einen wie die anderen. Er versank in sich, dann sagte er leichthin, als wäre es kaum der Erwähnung wert: Den Schlüssel hat sie wahrscheinlich in der Tasche hier. Aber ihr Kleingeld hat sie dabei.
Und die Kellnerin kam. In ihrem Gesicht rührte sich nichts, sie schaute den beiden Männern nicht in die Augen, sie stellte zwei Suppen auf den Tisch, etwas in die Mitte gerückt, so daß die Teller mit dem Hauptgericht gleichzeitig Platz finden konnten. Vater und Sohn bekamen dieselbe Mahlzeit zugeteilt.
Es waren Hühnerbeine, die Knochen stakten aus der gelben Soße, und als sie die Teller abgestellt hatte, räumte sie ab, was vom dritten Gedeck geblieben war, die Serviette, die zerknüllt war, wie Anton jetzt sah, ein Glas auch und das Besteck, sie räumte es so sorgsam zusammen, als wäre es befleckt.
Appetitlich sah das Essen nicht aus.
Anton sah zu, wie sein Vater die Suppe löffelte. Vom Löffel tropfte etwas, man würde, wußte er, zum Ende hin die Kranken füttern müssen, wenn sie vergaßen, wie man aß und

schließlich auch, wozu man aß; sein Vater wischte sich das Kinn, er schaute zu Anton hin und sagte: Iß nun endlich. Dann fügte er hinzu: Wir bringen ihr etwas mit.
Ein Hühnerbein, sagte Anton, um ihn lächerlich zu machen. Doch sein Vater nickte. Es war in seiner Miene jetzt etwas Eifriges, die Suppenschale hatte er schon beiseite geschoben, er löste mit der Gabel ein Stück Fleisch vom Knochen, mit einer Bewegung rollte er die Haut zusammen, er kostete. Anton fiel ein, wie sein Vater ein paar Jahre lang angefangen hatte, in teuren Restaurants zu essen, er suchte, was es in der Umgebung gab, ein Glück, daß es nicht viele waren, er fuhr sie an, mit seinem damals neuen Auto, das schwarz war, immer frisch gewaschen, ein Dienstwagen, er lud nicht immer Antons Mutter ein, brachte aber eine Flasche Wein, manchmal sogar vom Essen mit, großsprecherisch erzählte er Anton von den Abenden; Anton hatte sich für ihn geschämt.
Eine Weile lang hatte Wilhelm Weber sehr gut verdient. Er hatte überlegt, das Haus weiter auszubauen, das Dach zu einer Wohnung für Caroline umzubauen, Caroline hatte ihrem Bruder Briefe geschrieben, ihr Vater setze sie unter Druck, die USA endlich zu verlassen, er drohte, daß er sie enterben werde. Wer von seinem Geld nehme, habe zu gehorchen, sagte er Anton einmal am Telefon.
Und es war fast zum Bruch gekommen.
Jetzt kaute er mit Kennermiene. Es war so schwer vorstellbar, vor ihm Angst gehabt zu haben, genauso schwer war es jetzt, Mitleid mit ihm zu haben. Anton hatte aber Mitleid.
Ausgezeichnet, urteilte sein Vater. Ganz ausgezeichnet.

Wie lächerlich das war.
Aber sein Vater hatte recht, es war ausgezeichnet.
Sie ließen sich eine Portion Hühnchen einpacken, sein Vater bestand darauf, die Rechnung zu bezahlen. Die Kellnerin sprach kein Wort deutsch. Der Koch half aber, sich zu verständigen, anscheinend war der Besitzer erkrankt oder verreist, er war jedenfalls nicht da, er ist nicht da, sagte mehrmals der Koch und zeigte auf die Küche, während die Kellnerin, den Geldbeutel in der Hand, stumm neben dem Computer stand.
Wie nach einem heftigen Streit war Anton betäubt; er erinnerte sich, als Kind war die Welt wie in Stückchen gebrochen nach einem Streit, er ging zögernd neben seinem Vater her, als müßte er gescholten seiner Mutter unter die Augen treten. Abreisen kam nicht in Frage. Früher war er abgereist. Seine Schwester war abgereist, bis nach Amerika. Sie waren Calberlah und ihren Eltern entronnen, sie waren ihrer Liebe entronnen, und Anton war zurückgekehrt. Zu seinen Füßen sah er den Bürgersteig mit Hundeknochen gepflastert, rosa und grau abwechselnd. Vor dem Autohaus (VW natürlich) stand ein Hüne und winkte seinem Vater zu. Anton trug in der Hand das Aluminium-Schälchen mit dem Essen, das noch warm war. Er kam sich lächerlich vor, die Niederlage war wie eine dünne Decke, unter der nichts mehr war. Er konnte seine Mutter verlieren, zu Lebzeiten.
Und er wußte, man wollte dem Tod ein Schnippchen schlagen. Man wollte nicht sterben, man wollte niemanden sterben sehen. Man wollte nicht Zeuge sein, wenn jemand sich zur Unkenntlichkeit veränderte. Nie war seine Mutter

hochfahrend gewesen, nie war sie vom Tisch aufgestanden, wie sein Vater es häufig getan hatte, der jetzt geduldig und still neben seinem Sohn herlief.

Zu Hause trafen sie Antons Mutter nicht an. Sie liefen vergeblich die umliegenden Straßen ab. Dann nahmen sie das Auto und fuhren zum Acker, aber auch dort war seine Mutter nicht.

Die Pflanzen waren müde, die Früchte nicht gewachsen, sah Anton, er dachte wieder, daß nichts daraus werden würde.

Schließlich fuhren sie wieder nach Hause und setzten sich ins Wohnzimmer.

Haben wir alles für dich ausgesucht, sagte sein Vater und klopfte auf die Lehne des Sessels, der mit beigem Stoff bezogen war, auf dem sich schwach Rosen abzeichneten.

Ich will keine Couchgarnitur! sagte Anton.

Sein Vater schaute ihn an. Immer nur, sagte er leise, was du willst und nicht willst. Deine Schwester ist genau so. Fährt nach Amerika und kommt nicht wieder zurück. Warum? Sie *will* nicht wieder zurück. Und du *willst* anscheinend keine Kinder. Alles euer gutes Recht. Anscheinend habt ihr das Recht über Leben und Tod. Wie gut, daß ihr dann so mühelos bestimmen könnt, wann wir ins Heim kommen und wie teuer es sein darf, und wie lange wir dann noch leben.

Anton saß wie erstarrt. Aber Vater, sagte er leise, wie kommst du darauf.

Sein Vater antwortete nicht. Er saß da und schwieg, mit der Hand streichelte er über das helle Polster.

Wenn sie in einer halben Stunde nicht da ist, sagte Anton, sollten wir die Polizei anrufen.
Wilhelm nickte stumm.

Sie dachte nicht mehr oft an Rüdiger, und wenn sie es doch tat, war es, als erinnerte sie sich an einen Film, den sie gesehen hatte. Das einzige, was lebendig und wirklich blieb, war das Begehren, ein blindes Begehren, das alles andere wegzuschieben vermochte, und auch wenn es längst nicht mehr glücklich war, konnte Lydia sich nicht ganz davon losreißen. Sie stellte sich vor, daß er sie in die Arme schloß und an sich preßte, die Berührung seiner Schenkel, seine Hand, die sich zwischen ihre Schenkel schob und sie zwang, sich ihm zu öffnen, um dann zurückzuweichen. Und sie lief ihm nach, in ihren Phantasien lief sie ihm hinterher, bot sich ihm an, wie sie es getan hatte bis zu ihrer Schwangerschaft und die ersten Monate der Schwangerschaft auch, mit einer Gier, die alles außer acht ließ. Sie sprach mit niemandem darüber, sie hätte nicht gewußt, wie, auch nicht, mit wem. Allen Offenherzigkeiten zum Trotz war diese Art von Sex kein Gesprächsthema. Sie hatte Angst, nie wieder ähnliche Lust zu empfinden. Nach den Nächten mit Anton wußte sie, so war es. Aber Anton liebte sie, mit ihm zu leben konnte sie sich vorstellen. Sie liebte seine Hände, die sich so behutsam bewegten, als hielten sie ein Skalpell. Er war geschickt. Auf fast unheimliche Weise verstand er, die Grenze zwischen Schmerz und angenehmer Empfindung verschwinden zu lassen.
Auch das war Hingabe.
Rüdiger ließ den Schmerz zu, er liebte es, ihn zu beobach-

ten, er liebte es zu sehen, wie sie verloren ging. Sie war Ärztin, sie war die Frau Doktor, die ihm zur Beute geworden war, alles an ihr war für ihn ein Triumph gewesen, und er hatte recht behalten, er konnte sich wohl von ihr trennen, aber vergessen würde sie ihn niemals, nicht ihrer Tochter wegen, sondern weil er Besitz von ihr ergriffen hatte. Sie gehörte ihm, noch immer.

In Rachels Gesicht sah sie, was zu ihm gehörte, sie sah es, wenn das Kind schlief, es war die Klarheit der Augenpartie, die es von seinem Vater geerbt hatte, dazu ein Ausdruck von Unschuld, der über Kindermaß hinausging, das Gesicht war rein und bewegungslos, Rachel atmete so leise, daß Lydia oftmals erschrak, ob sie denn überhaupt atme.

Vor allem aber geschah es, daß Lydia ins Zimmer trat, in dem das Kind auf einem Schaffell lag, später spielte und zu ihr aufschaute von weit her, fremd, mit den grünen Augen, die es auch von seinem Vater hatte, so fremd, als würde es nichts mit Lydia teilen, und es kam vor, daß Lydia das Zimmer verlassen mußte, um dem Blick ihrer Tochter auszuweichen.

Die Fragen, die sie ihm nicht gestellt hatte, waren beschämend naheliegend. Hast du jemanden getötet. Wen. Warum. Hast du gefoltert. Bist du verwundet worden. Bist du gefoltert worden. Wer bist du?

Eine Weile lang hatte sie gewütet. Warum bist du so sehr, was du zu sein vorgibst? Abziehbild eines Fremdenlegionärs?

Er hatte geantwortet: Weil man so wird.

Weil man so wird. Weil man nicht immer Zeit hat, sich danach zu richten, was in euren Augen vielleicht ein Klischee sein könnte. Weil es keinen Spaß macht, Leute zu erschießen und sich vor Angst in die Hose zu machen, daß man mit einer Machete den Kopf abgeschlagen kriegt. Weil es euch im Grunde einen Dreck angeht!

Mich geht es aber an!

Dich? Wegen der paar Wochen? Was bildest du dir eigentlich ein?

Und dann lernte sie zu schweigen, so gut, daß Rüdiger nervös wurde. Interessiert dich wohl nicht, wer das war? fragte er, nachdem sie auf der Straße einen kleinen, mageren Mann getroffen hatten, der ebenso wie Rüdiger in Camouflage-Hosen und mit einem Käppi herumlief und kein Wort mit ihr sprach.

Nein.

Das war mein Pilot.

So.

Er hat mich zu meinen Einsätzen geflogen.

Sie fragte tatsächlich nicht nach, obwohl sie wußte, daß sie den kleinen Mann mit dem empfindsamen Gesicht schon gesehen hatte.

Sie fragte gar nichts mehr, seit sie wußte, daß sie das Kind ohne den Vater wollte, seit sie sicher war, daß sie in ihr Leben zurückkehren könnte.

Ihre Praxis war noch immer wegen Krankheit geschlossen. Anja, die Arzthelferin, rief jede Woche bei ihr an. Sie lüftete jede Woche die Praxis und schaute nach, ob alles in Ordnung war. Keiner ihrer Patienten hatte Lydia auf der Straße gesehen, alles wartete auf ihre Rückkehr.

Und so konnte sie, als sie im fünften Monat schwanger war, ihr geordnetes Leben wieder aufnehmen. Rüdiger blieb

zurück. Sie wäre ohne ihn nicht wieder auf die Beine gekommen, dachte sie. Und sie ließ ihn zurück, in seinem Abgrund, der längst alltäglich geworden war. Ein einsamer Mann mehr oder weniger. Einer, der verlorenging.
Was unterschied sie beide voneinander? Und er antwortete, zufrieden, sie mit einer Platitüde zu reizen: Das Töten. Der Tod.
Er maßte sich an zu behaupten, daß, was ihn geprägt hatte, irreversibel sei. Er maßte sich an, mit jeder Banalität ein Stück Wahrheit zu sagen.
Woher soll ich wissen, ob ich es schaffe? hatte sie schließlich Anja gefragt, nach ihrem Entschluß, die Praxis wieder aufzumachen.
Anja hatte sie ärgerlich angeschaut. Und woher soll ich das wissen? Willst du eine Garantie, weil du sechs Monate gesoffen hast? Zur Belohnung?
Es war Lydia leicht gefallen, mit dem Trinken aufzuhören, als sie wußte, daß sie schwanger war.
Erst als das Kind ein Jahr alt war, lernte Lydia begreifen, daß Rachel die Lücke nicht schließen konnte, daß all das Leben die Zwischenräume, in die sie fiel, nicht ausfüllte, die gut laufende Praxis nicht, ihre Freunde nicht.
Sie dachte, daß sie Anton warnen müßte. Sie hatte es sich nach der ersten gemeinsamen Nacht vorgenommen, und da sie ihn bei seinen Eltern in Calberlah wußte, da sie ungeduldig auf seine Rückkehr zu warten begann, nahm sie es sich wieder vor. Sie würde ihn lieben. Das nahm sie sich vor. Sie könnte ihm sagen, daß sie ihn lieben würde. Wenn sie viel Zeit hätte, könnte sie ihn so lieben, daß ihm nichts fehlte. Was nur kurz gelten sollte, dafür hatte sie keine Begabung

mehr, dachte Lydia, wenn sie Rachel betrachtete, die nicht mehr fremd war wie als Baby, aber wundersam fern in ihrem eigenen, vollständigen Leben, und Tag für Tag nahm um ein Winziges die Entfernung zu.

Ein Jahr nach der Geburt und nachdem die Praxis geöffnet war, als hätte es nie eine Unterbrechung gegeben, als dieses Jahr verstrichen war, begriff Lydia, der Unterschied zwischen dem einen und dem anderen Leben, zwischen Trinken und Nicht-Trinken, zwischen der Zeit mit Rüdiger und ihrem eigenen, so angenehmen Leben in Kreuzberg war weniger groß, als sie geglaubt hatte, es war ihr Leben, und es war unwahr zu sagen, sie könne nicht anders. Man traf die Entscheidungen doch. Und schließlich wußte man, was zählte, es war nicht viel. Das meiste war egal, der Rest wurde immer kostbarer. Man traf die Entscheidungen selbst, dachte sie, und die Tage veränderten sich, sie wurden leicht, sie vergingen rasch, und abends freute sich Lydia, wenn sie Rachel zu Bett gebracht hatte und selber müde war, auf den nächsten Tag.

Wenn sie auch Anton nie begehren würde, wie sie Rüdiger begehrte, wenn etwas verschlossen war oder brüchig oder immer fern, so war sie doch glücklich, vielleicht eine Person, die auf irgendeine Weise zerbrochen war, aber glücklich.

Dann lernte Rachel laufen, morgens kletterte sie aus ihrem Bett, lief zu ihrer Mutter. Als sie anfing zu sprechen, fragte sie manchmal: Papa?

Und da es Anton gab, antwortete Lydia, nachdem sie Anton zum Bahnhof gebracht hatte, ja, Papa kommt bald zu uns.

Sie erschrak, denn vielleicht würde ihr Glück nicht halten,

wenn Rüdiger nicht glücklich wäre. Das aber war undenkbar, daß er glücklich war. Und als sie sich fragte, warum, antwortete sie bei sich: Weil er heruntergekommen ist, weil er nicht leben will.

Das letzte, wußte sie, war die Unwahrheit. Er hatte leben wollen, mit ihr und mit ihrer Tochter.

Woran denken wir, fragte Rachel manchmal, und ohne eine Antwort abzuwarten, begann sie, laut mit sich selbst zu sprechen. Sind wir Selbstredner?

Nein, sagte Lydia, ich eigentlich nicht. Und du?

Ich schon, sagte Rachel.

Zwischen Calberlah und Wolfsburg und Berlin war die Landschaft im Frühsommer beinahe lieblich, die Elbe führte viel Wasser, einige Wiesen waren überschwemmt, andere mit simplen Blumen übersät; obwohl seit der Öffnung der Grenze achtzehn Jahre vergangen waren, wirkten weite Teile des Landes stillgelegt und außer acht gelassen.

In einem Städtchen wie Calberlah hatte sich auch nach der Wende nicht viel verändert, nach wie vor hing alles von Wolfsburg ab und von VW, nach wie vor kannte jeder jeden oder bildete es sich ein, die Häuser wurden in Ordnung gehalten und die Bürgersteige auch.

Der Mann ging die Straße entlang, als interessierte er sich nicht dafür, wo er war, er schaute sich auf den Straßen nicht um, instinktiv schien er zu wissen, ob ein Auto kam oder nicht. Er hatte sich so lange alles ausgedacht, nur das Ziel hatte gefehlt, der Mann, in dessen Leben er sich gewünscht hätte, jemand, der Rüdiger ähnelte, aber richtig lebte, der unberührt war von dem Dreck, der sie immer noch umgab, der an ihnen klebte wie die Einsamkeit. Und er war noch immer klein gewachsen, er haßte, daß er so klein war, er sah Anton mit Neid, denn Anton war ebenso groß wie Rüdiger, groß und blond, er war Arzt, ein richtiger Arzt, und Anton kam, nicht anders als Rüdiger und Martin selber, aus der Provinz.

Wenn er morgens aufstand, nahm er aus dem Nachttisch die Fotos, die er dort aufbewahrte, eines von Lydia, sie saß alleine vor einem Glas Wein, eines von ihr und dem Baby. Er hatte die Fotos von Rüdiger, Rüdiger hatte sie ihm gegeben, wie man einem erfolglosen Bruder etwas hinstreckt, das man selber nicht mehr braucht. In der Zeit mit Lydia hatte Rüdiger sich bei ihm nicht gemeldet. Sie hatten sie zusammen zwei Mal gesehen, sie war ihnen beiden aufgefallen, weil es für so eine Frau zu früh war, alleine Wein zu trinken, um elf Uhr, guck mal, die Haare, hatte er zu Rüdiger gesagt, Lydia trug das Haar offen, es leuchtete in der Sonne rot. Am nächsten Tag war es purer Zufall, daß sie wieder vorbeikamen, tags darauf war er alleine zu dem Café gegangen und hatte sich an den Nachbartisch gesetzt, aber natürlich hatte sie ihn überhaupt nicht gesehen.

Und dann war Rüdiger wieder mitgekommen.

Für sich hatte Martin die Frau Stefanie genannt, weil das sein Lieblingsname war und er nicht wußte, bis Rüdiger sie ansprach, wie sie wirklich hieß. Als es mit Rüdiger vorbei war, hatte er sich angewöhnt, nach ihr zu schauen. Er stellte sich vor, daß er ihr mit dem kleinen Kind helfen würde, bei einer Treppe, bei den Stufen zur U-Bahn. Es war seit seiner Ausbildung als Pilot die schönste Zeit gewesen. Er machte fast alles mit, die ersten Wochen, nachdem sie endlich wieder das Haus verließ und mit dem Baby auf dem Bauch herumlief, vorsichtig, als trüge sie ein rohes Ei. Dann hatte sie das Baby in eine Kinderkrippe gebracht, er hatte gesehen, wie sie mit Tränen in den Augen herausgekommen war, und er hielt sich immer in der Nähe der jungen, dicklichen Frau mit den vier Kindern auf, wenn sie in einen Park oder auf einen Spielplatz ging. Er wollte Stefanie sagen, daß er auf Rachel aufpaßte. Manchmal sah er, wie Stefanie durch die Straßen rannte, um ihre Tochter abzuholen, die geweint hatte.

Zweimal war Martin sogar in ihrer Praxis gewesen, aber er war gegangen, bevor er drankam, obwohl er sich wieder und wieder vorstellte, wie sie ihn abhörte, sorgfältig sein Herz abhörte.

Er hatte gesehen, wie Anton sie umgerannt hatte.

Rüdiger ließ sie fallen, er tat so, als wäre ihm gleich, was mit ihr und dem Kind war, und sie hatte keine Vorstellung davon, wie gefährlich es alleine war, wie es neben ihrer Welt, in die sie zurückgeschlüpft war wie in ein Nest, eine zweite Welt gab, deren Regeln ganz anders waren. Eine Frau alleine war schutzlos. Und brauchte sie nicht Schutz mit ihrem kleinen Mädchen?

Er hatte über sie gewacht. Dann kam Anton, er beobachtete auch Anton, er kam sich ausgestoßen vor, zum ersten Mal, genau so, wie Rüdiger immer gesagt hatte, daß man nirgends dazu gehöre, daß man ausgestoßen sei, nichts weiter als der Abfall dieses Lebens, zu dem sie nicht dazugehörten, daß sie deshalb so getriezt wurden, damit sie es nicht merken sollten, abgesehen davon, daß sie es oft nicht spürten, weil sie stolz auf ihre Arbeit waren, auf das, was sie konnten, darauf, daß sie Leuten Essen brachten, die sonst verreckt wären und Tränen in den Augen hatten, wenn die Képis Blancs kamen um zu helfen. All das. Jemand wie Anton hatte keine Ahnung von so etwas, er ging die Straße entlang wie ein Idiot und war zufrieden mit sich selbst, ohne zu wissen, daß Stefanie auf der Straße gesessen hatte und getrunken, daß sie sich angeboten hatte, schamlos; und was es war, das sie gerettet hatte, dachte Martin, davon wußte Anton ebenfalls nichts, von dieser Würde, ihrer Schönheit zwischen lauter Trümmern.

Wenn Rüdiger ihn auch gehänselt hatte, daß so ein Zwerglein wie er bei einer schönen und großen Frau nichts ausrichten könne, war er es doch, der weiter auf sie aufpaßte, während Rüdiger von der Bildfläche verschwunden war, nicht mehr zum Kegeln kam, den anderen aus dem Weg ging. Das konnte jeder halten, wie er wollte.

Auf Lydia und die Kleine paßte Martin auf, manchmal die ganze Nacht. Er stand in seinem weißen Polo vor der Tür. Und als sie am Samstag alleine herunterkam, ohne Rachel, fuhr er ihr hinterher, nichts Gutes ahnend, er sah Anton einsteigen, er fuhr mit zum Bahnhof. Er war stolz, daß er so etwas schaffte, das Auto abstellen, Anton wiederfinden, dem Schaffner entgehen, er wollte wissen, was Anton vorhatte, so war es immer gewesen, es dauerte lange, aber dann hatte man eine Aufgabe, und er hielt daran fest, klein und zäh, und er würde Lydia und Rüdiger beweisen, was in ihm steckte. Nichts konnte ihn täuschen. Das war schon immer so gewesen. Einsatz. Geschick.

Als die drei in dem Restaurant verschwanden, setzte er sich auf eine Bank und wartete. In einem ähnlichen Städtchen

war er aufgewachsen, nur ein paar Häuser von Rüdiger entfernt, sie hatten es beide nicht ausgehalten, dann hatten die Eltern von Rüdiger ihren Sohn rausgeschmissen, endgültig, weil er renitent war, weil er stahl, weil er sie haßte. Beide haßten sie die Sticheleien der Nachbarn, wenn die Eltern laut gestritten hatten, wenn – bei Rüdigers Eltern – die Polizei gekommen war, um die Eheleute zu trennen. Martin hatte keinen Augenblick geglaubt, daß Rüdiger irgend etwas von seinen Träumen verwirklichen würde, Abenteuerromane schreiben, daß den Leuten Hören und Sehen verging, studieren, sie müßten nur auf dem Abendgymnasium das Abitur nachmachen, erst waren sie in Hannover gelandet, dann gingen sie nach Berlin, er wollte Schriftsteller werden, sagte Rüdiger, und dann waren sie nach Frankreich gefahren und zur Fremdenlegion gegangen. Das war seine, Martins Idee gewesen. Rüdiger hatte mitgemacht, weil ihm selber nichts einfiel, weil er dachte, so werde er Stoff für seine Romane bekommen, weil er keinen Pfennig mehr gehabt hatte, weil er weg wollte. Keinesfalls zurück. Nie wieder unter den mißtrauischen Augen der Nachbarn die Straße entlanggehen. Nie wieder die Hänseleien der anderen fürchten, der Jungs, die die Geschäfte ihrer Eltern übernahmen und fein raus waren.
Die Frau, ein bißchen jünger als seine eigene Mutter, kam herausgelaufen, stolperte, einen Moment dachte er, sie sei verletzt oder verliere gleich das Bewußtsein. Sie schaffte es die Treppen herunter, dann sah er, daß sie weinte, sie hielt sich am Geländer fest, es kostete sie alle Kraft, sich nicht auf eine der Stufen zu setzen. Und dann tat sie es doch. Er konnte sehen, wie sie mit sich kämpfte und aufgab, eigent-

lich sah er es zum ersten Mal, obwohl er es so oft miterlebt hatte, daß jemand einen Kampf verloren gab, es war ein Widerstreit in ihrem Gesicht, dann eine trügerische Ruhe, dann Entsetzen und Kummer und Scham.
Man fragte sich, warum die Menschen weiterlebten. Bei seiner Mutter hatte er sich das auch gefragt, bei jedem seiner seltenen Besuche alle paar Jahre, sie hatte immer blaue Flecke, sie war betrunken und verzweifelt, er dachte, sie werde vor Scham sterben. Dann hatte sein Vater einen Schlaganfall erlitten, er konnte sie nicht mehr schlagen, er saß im Rollstuhl, und sie schob ihn nur alle paar Tage einmal durch die Straße, nicht länger als fünf Minuten, klagte er. Bei Rüdiger war es anders, er besuchte seine Mutter nicht mehr, und sie hatte zu Martin gesagt, als sie ihn auf der Straße traf: Ich kenne ihn nicht, ich habe keinen Sohn, und sie hatte Martin das Foto ihrer Tochter aus zweiter Ehe gezeigt.
Martin hatte es Rüdiger erzählt, obwohl er es nicht hatte tun wollen. Sie waren beide betrunken, Rüdiger stichelte, weil er nie eine Frau hatte, obwohl er doch den ganzen Tag mit seinem Revolver auf der Straße stehe – Martin arbeitete als Wachmann vor einer Filiale der Sparkasse – und genug hübsche Frauen zu Gesicht bekomme. Er könne doch eine Türkin nehmen, sagte Rüdiger, die hätten Respekt vor ihren Männern, auch wenn sie klein seien. Da hatte Martin ihm erzählt, seine Mutter verleugne ihn, wegwerfend, aber höhnisch auch. Seine eigene Mutter erkannte ihn immerhin, und er bekam ein Bett gemacht zu Hause und einen Teller auf den Tisch gestellt.
Es gab Tage, an denen Martin dachte, daß sein Leben be-

schissen gewesen war, sogar die Zeit, in der er seine ersten Flüge absolvierte, die ersten Hubschrauberflüge in Afghanistan, und sie waren eine Weile gehätschelt worden, auch in Somalia. Es gab solche, die gerne das Blut von der Klinge ihres Messers abwischten, sie jagten und weideten die Tiere mit Vergnügen aus, und sie bedauerten, daß es so wenige Menschen zu jagen gab. Er aß kein Fleisch.
Die Frau saß jetzt wirklich auf einer Treppenstufe vor dem Restaurant, vielleicht wartete sie, daß ihr Sohn herauskommen und nach ihr suchen würde. Er hätte es ihr sagen können, daß nie jemand nach einem suchte. Er stand auf, stolz, weil er wußte, was los war. Kommen Sie nur, sagte er und streckte die Hand aus. Ich helfe Ihnen.

Es war eine irritierende Nachlässigkeit gewesen, die Caroline ärgerte und immer wieder kränkte, nichts schien wichtig genug, als daß sich ihre Mutter daran erinnert hätte. Bei ihrem vorletzten Besuch vor zwei Jahren hatte es zum letzten Mal Streit gegeben. Am Telefon danach war ihre Mutter nachgiebig gewesen, gehorsam fast wie ein Kind, und dann endlich begriff Caroline, daß es ihrer Mutter nicht gelang zu behalten, was Anton ihr erzählt haben mußte. Daß er mit seiner Praxis umgezogen war. Daß er mit dem Punkte-System der Krankenkassen kämpfte. Daß er renovieren mußte und ein neues Ultraschallgerät gekauft hatte.
Aber mehr als die Wiederholungen, mehr als die unkoordinierten Erzählstücke, irritierte und schmerzte Caroline, daß ihre Mutter nicht mehr lachte. Denn daran erinnerte sie sich, wie oft ihre Mutter gelacht hatte, wie sie Spiele erfunden hatte, um sie als Kinder zum Lachen zu bringen, wäh-

rend sie irgendeine lästige Aufgabe erledigten, die Spülmaschine ein- oder ausräumten, abtrockneten, staubsaugten, auf Befehl des Vaters die Garage aufräumten oder halfen, das Auto zu waschen, es war die Gabe, die sie von ihrer Mutter hätte lernen wollen und doch nicht gelernt hatte, derlei Notwendiges und Lästiges zu einer übermütigen Sache zu machen, überhaupt Lästiges ebenso wie Kummer wegzulachen, und das Lachen ihrer Mutter war das lauteste, es war nicht schön, aber laut und vergnügt und ein bißchen verrückt.

Sie überlegte hinzufliegen. Sie hatte Angst, eines Tages werde sie in Calberlah eintreffen und nicht wieder abreisen können, ohne ihre Mutter im Stich zu lassen. Und was dann, was, wenn ihre Mutter dann noch ein Jahrzehnt lang lebte?

Mit ihrem Bruder Anton sprach sie darüber nicht, er rief kaum je an, er schrieb dafür, sie hatte alle seine Briefe und Mails aufgehoben, sie hatte alle wieder gelesen, auf der Suche danach, wie sich die Spuren ihrer Mutter (auch sie rief selten an und schrieb nur hin und wieder eine Postkarte) verwischten.

Sie hatte sich ein einziges Mal beschwert bei ihrem Bruder, daß ihre Mutter verlorenging. Ihr Bruder hatte geantwortet: Das ist absurd, wenn Du Dich beschwerst. Du bist doch ihr verloren gegangen. Und überhaupt weiß man gar nicht genau, wer wem verlorengeht und was das bedeutet.

Es war untypisch für Anton, etwas so Kompliziertes und Unverständliches zu schreiben.

An den Morgen, an dem sie die Mail ihres Bruders, mitten in der Nacht geschrieben, gelesen hatte, erinnerte sie sich

genau, es war ein heller Morgen gewesen, die Bäume begannen eben sich zu verfärben, irgendwo links neben sich wußte sie den Ozean, nirgends als in Maine war es so klar morgens, und sie fuhr in die Berge, um dort ein paar Tage bei Freunden zu verbringen. Sie war nicht oft glücklich, vielleicht nicht seltener als andere zu Hause, bloß dachte sie daran und wurde danach gefragt, bist du denn glücklich, bist du glücklich in Amerika? – gerade so, als wäre für diejenigen, die weiter in Calberlah lebten oder wie ihr Bruder in Berlin, das Glück ein Kriterium. Dort lebten sie unauffällig und vergaßen die Frage mit der Zeit. Vielleicht war das die wichtigste Entscheidung: ob man sich Umstände aussuchte, die die Fragen wachhielten. War sie glücklich? War sie verlorengegangen?
Es war früh am Morgen, so früh klingelte selten das Telefon, und als Caroline den Hörer nahm, war sie noch nicht wach, ihr kam deswegen die Stimme fremd vor und die Stille auch, ein Moment verstrich, bis sie ihre Mutter erkannte, Überraschung und Freude drängten Carolines Müdigkeit beiseite, dann hörte sie erst zu, sie merkte das Zittern an ihrer Hand, ehe sie es in der Stimme ihrer Mutter hörte, die Hand, die den Hörer hielt, zitterte, im Hintergrund wurde ein Auto laut, ein Kind schrie etwas, ein Hund bellte, sie hörte, wie dort ein Fenster zuschlug, wie ein weiteres Auto vorbeifuhr und etwas geschoben und gestoßen wurde, eine Mülltonne, dachte sie, aber Morgen war es dort ja längst nicht mehr, und dann wurde die Entfernung, was sie zuweilen war, ein Schmerz, der sie mit Wucht traf, eine Verwirrung, es erinnerte sie an Träume, in denen man flog und fiel, während man gleichzeitig ahnungslos war und die Gewißheit hatte,

wie der Sturz enden müßte, auf erbarmungslose Weise. Jetzt war sie auch ahnungslos, und sie wußte nicht, wovor sie Angst hatte. Sie hörte den Atem ihrer Mutter, den munteren Zuruf eines Vorbeifahrenden, mutmaßlich eines Radfahrers, das Zittern in der Stimme ihrer Mutter hörte sie, den Gruß einer alten Frau, dann faßte Caroline Mut, da ihre Mutter Mut gefaßt zu haben schien, dann blieb es wieder still, einen Moment, immer länger, eine Minute lang.
Mutter?
So nannte Caroline, obwohl sie doch die jüngere war, ihre Mutter, es war das einzig Passende gewesen, schon seit Jahren, aber erst jetzt, als sie es aussprach, begriff sie, warum es keine bloße Distanzierung war, nicht ein Wort, mit dem sie sich von ihrem älteren Bruder unterscheiden wollte, der in der Nähe der Eltern geblieben war, sondern der richtige Name, denn Hilde Weber, geborene Hübner, dieser Mensch war ihre Mutter, in einer Ordnung, in die sie beide eingefügt waren, solange überhaupt, dachte Caroline, irgendeine Ordnung einen Sinn hatte. Sie wollte lauter rufen, ihre Mutter schien sie nicht zu hören.
Bist du noch da?
Guten Tag, Frau Hübner! sagte eine Männerstimme.
Caroline erschrak, als wäre das Versehen ihr zugestoßen, der alte Name durch ihre Schuld wieder aufgetaucht, Frau Hübner, wiederholte flüsternd ihre Mutter beschämt. Das bin doch gar nicht ich. Und Caroline hörte, wie sie sich wieder dem Telefon zuwandte, und sie hörte auch, daß ihre Mutter vergessen hatte, mit wem sie sprach. Hallo? klang es so schüchtern, daß Caroline die Tränen kamen.
Mutter, ich bin es doch!

Wer war das denn, wo bist du denn, wo ist Vater?
Ja, Vater.
Das meine ich nicht, ich meine Papa, deinen Mann.
Ach so, sagte ihre Mutter, sie zögerte aber, und Caroline begriff, es war nicht das Vergessen, es waren zu viele Wege, die die Gedanken gingen, es waren zu viele Verästelungen, es war alles uneinsehbar geworden, keiner konnte da den Überblick behalten.
Ach Mutter, sagte ihre Tochter und wäre gerne verstummt.
Wer ist da denn? sagte Hilde Weber mißtrauisch.
Wie sie sich umsah, man spürte es förmlich, jeden Halswirbel, auch ohne sie zu sehen. Die Unruhe und was vertraut war, mischten sich mit Verlorenheit, sie lauschte auf die Atemzüge, die abbrachen, wieder einsetzten, kein Ein- und Ausatmen, sondern ängstliche Zeichen; ich habe deine Telefonnummer gewählt, sagte ihre Mutter verwundert, als wäre es ein Versehen. Ich wollte doch zu Hause anrufen, fügte sie hinzu.
Bist du in einer Telefonzelle?
Ja, sagte ihre Mutter, ich habe gleich kein Geld mehr.
Guck' doch noch mal in deinem Portemonnaie, rief Caroline.
Ja, sagte sie, da ist noch eine Mark.
Wohin wolltest du denn?
Zum Acker, sagte sie. Ich wollte nach den Erdbeeren gukken, ich habe die Erdbeeren vergessen.
Du hast vergessen, sie zu gießen oder zu pflanzen?
Ja, zu pflanzen.
Das macht doch nichts, dann pflanzt du nächstes Jahr neue.
Sie sind aber da.

Wer ist da?
Die Erdbeeren sind da, obwohl ich die Ableger in der Garage vergessen haben muß.
Es piepste.
Das Geld ist weg, sagte ihre Mutter, ich habe kein Geld mehr, aber da ist ein kleiner Mann.
Ein kleiner Mann?
Ihre Mutter lachte. Ja, ein kleiner Mann, wie das Bucklicht Männlein, erinnerst du dich? Er hat mir vorhin aufgeholfen, weil ich auf der Treppe saß.
Dann brach die Verbindung ab.

Das kleine Ledertäschchen, in dem sie ihr Kleingeld aufbewahrte, war jetzt leer, der Mann stand mit ruhigen Augen vor ihr, sein Gesicht hatte sich verändert, sie wollte sich an seinen Namen erinnern, wieder war in ihrem Kopf nur diese leere Stelle, sie stürzte, versuchte sich aufzurichten, ihr fielen aber nur die Erdbeeren ein, und sie mußte lachen, als er freundlich sagte: Keine Sorge, Sie wissen wirklich nicht, wer ich bin, ich heiße Martin.

Als sie ihren Bruder beim dritten Versuch endlich erreicht hatte, sagte sie als erstes: Ist dir aufgefallen, daß Mutter kaum noch lacht?
Caroline! rief Anton, als könnte sie ihn retten.
Sein Vater richtete sich auf. Anton stand, das Telefon in der Hand, ihm gegenüber. Wilhelm Weber machte eine herrische Geste.
Wir suchen Mama, sagte Anton leiser und stellte das Telefon laut.

Sie hat angerufen vor einer Minute, und sie hat etwas von einem kleinen Mann gesagt, Caroline lachte nervös. Bucklicht Männlein, erinnerst du dich?
Das Gesicht seines Vaters zog sich zusammen, die schlaffe Sorge wich einem zornigen Ausdruck, er kam näher, Anton fühlte sich wie als Kind, der plötzlich wieder große Körper bedrängte ihn wie früher, und so war es gewesen, fiel ihm ein, daß er Angst gehabt hatte um sich und um seine Mutter, ohne zu begreifen, warum sein Vater so zornig war.
Was soll das heißen, ein kleiner Mann?
Caroline erschrak am Telefon auch. Wo ist sie denn? Wo habt ihr sie denn gesucht? Sie war irgendwo auf der Straße unterwegs.
Ich habe sie gekränkt, sagte Anton leise, aber sein Vater fiel ihm ins Wort.
Jetzt reicht es mit dem Unfug!
Er nahm das Telefon und rief Caroline zu, als müßte er die Entfernung überbrücken: Wo ist deine Mutter? Was ist das für ein kleiner Mann? Und wann kommst du endlich, um hier deine Sachen zu erledigen?
Was für Sachen? hörte Anton die Stimme seiner Schwester unsicher sagen. Er ging ans Fenster und schaute in den Garten.
Sein Vater flüsterte etwas. Wie bitte? hörte man Caroline. Wie bitte? Hört mal, das könnt ihr doch nicht machen. Gib mir Anton! forderte sie ihren Vater auf, ich will mit meinem Bruder sprechen!
Anton hörte wieder das Flüstern seines Vaters, er drehte sich um und streckte die Hand aus. Sie schauten sich an, als wären nur sie beide übrig.

Anton? Anton! rief seine Schwester.
Ich melde mich später, sagte er, ich rufe dich an, sobald Mama wieder da ist.
Dann legte er auf.
Sie wollte immer einen kleinen Mann, hat sie gesagt, sagte sein Vater so ruhig und klar, daß Anton zusammenzuckte. Dann fing er an zu pfeifen, wie er früher gepfiffen hatte. Es war die Melodie vom Bucklicht Männlein; Anton erkannte sie wieder, seine Mutter hatte das Lied mit ihm gesungen, was ist das für ein Lied? hatte Caroline sie gefragt, was ist das für ein Lied? Und seine Mutter hatte geantwortet, das ist ein Lied für Anton, dir singe ich ein anderes vor. Er war eifersüchtig gewesen, denn so sehr er sein Lied mochte, so sehr beneidete er Caroline um ihr Lied, Es zogen fünf wilde Schwäne. Immer, wenn ihr Vater nicht zu Hause war, hatte ihre Mutter mit ihnen gesungen, denn er duldete es nicht, daß solche Lieder gesungen wurden, Lieder, die er dumm und romantisch fand, wie er sagte, Lieder, die den Kindern nur Flausen in die Köpfe setzten. Er mißtraute der Musik. Er mißtraute den Vergnügungen ihrer Mutter, den Schallplatten, ihren Fahrradtouren und Picknickkörben, ihren kleinen exzentrischen Ideen und ihrem Schabernack, es war ein Mißtrauen, das sie als Kinder nicht zu deuten gewußt hatten; jetzt verstand Anton, es war ein erotisches Mißtrauen. Sein Vater pfiff die Melodie mit einem leichtsinnigen Ton, in seinem Mund klang es wie eine Anklage.
Wer ist das Bucklicht Männlein? fragte Anton.
Sein Vater schaute ihn listig an. Deine Mutter dachte immer, daß ich ein bißchen blöd bin. Sei froh, daß du alleine

lebst, da bleibt dir das erspart. Dann wurde er zornig. Und wie soll das jetzt weitergehen? Willst du mich hier alleine lassen? Weil du dich ja um deine Patienten kümmern mußt, nicht wahr?
Immerhin wissen wir, daß Mutter nicht im Krankenhaus ist. Und jetzt müssen wir die Polizei anrufen. Was willst du denn sonst machen? Warten?
Glaubst du etwa, sie findet nicht nach Hause?
Ja, sagte Anton. Nach Hause.
Er stand auf und nahm wieder das Telefon.
Nein, sagte Wilhelm. Du gehst noch einmal zum Acker. Und ich gehe zum Wald. Da machen wir immer unseren Spaziergang.

Niemand war da. Die Erdbeerpflanzen waren aber frisch gegossen. Sie sahen dadurch noch elender aus, welk und mickrig, die Sonne brannte plötzlich, in der Luft war ein Geruch, den er nicht identifizieren konnte, weiter hinten stieg Rauch auf, er schaute zum Himmel, die Wolken verdeckten die Sicht nicht, sein Handy fiel ihm ein, er zog es aus der Tasche, von Lydia war da eine Nachricht, er las: *Soll ich Dich morgen abholen?* Mühsam tippte er die Buchstaben *Jabitte*, die Leertaste fand er nicht, die Ankunftszeit ließ er weg, er wußte nicht, wann er würde fahren können.
Es war die Männerstimme, die ihn aufmerken ließ, sie klang, als beugte sich ein Mann vorsichtig zu der, mit der er sprach, kein Zweifel daran, es war eine Frau, sie antwortete schließlich, leise, so daß nur der Tonfall hörbar wurde. Noch immer drehte sich Anton nicht zu den beiden, die am Feldweg, von einem blühenden Strauch halb verdeckt,

sitzen mußten. Er glaubte zu wissen, was er sehen würde, dann aber war er doch unvorbereitet und der Anblick entsetzte ihn, denn die beiden Gesichter wirkten beide so vertraut und gleichermaßen fremd. So nahe aneinander gerückt, daß sie sich beinahe berührten, wandten sie sich ihm zu, aufgestört von seiner Gegenwart, sie saßen auf einer Bank, die einer der Gartenbesitzer am Wegrand aufgestellt haben mußte, man hatte einen Blick über die sacht abfallende Landschaft, auf Ackerstücke und Gärten, von niedrigen Hecken begrenzt, auf Obstwiesen, dann kam das offene Feld, über das Überlandleitungen gingen, dann der Wald am Horizont.

In ihren Gesichtern war etwas Trotziges.

Auf der anderen Straßenseite standen Einfamilienhäuser. Eine Zeitlang hatte sich Hilde Weber gewünscht, hierher an den Stadtrand zu ziehen, zu ihrem Acker. Sie wolle, hatte sie Anton erklärt, weiter schauen können als auf ein Haus, sie müsse den Horizont sehen und die Sonne, wie die Sonne untergehe. Er hatte ihr aber nicht geholfen, sondern seinem Vater zugestimmt, daß der Aufwand des Umzuges nicht lohne, daß kein Haus zum Verkauf stehe, daß überhaupt die ganze Idee eine Schnapsidee sei, daß die vertrauten Zimmer, da man alt werde – wie rasch ihrer beider Gedächtnis nachlassen würde, ahnte noch niemand – der angemessene Ort seien. Anton hatte überrascht festgestellt, daß er an seinem alten Zimmer hing, eine Sentimentalität, die er nun bereute. Seine Mutter saß wie eine alte Frau auf der Bank. Der Mann neben ihr hätte ihr Sohn sein können.

Halb erhob er sich, dann wandte er sich ab. Anton stieg die Zornesröte ins Gesicht.

Wollen Sie vielleicht irgendwann aufhören, mich zu verfolgen?
Der Mann wandte sich zu seiner Mutter und sagte ihr leise etwas. Dann stand er auf und ging davon, ohne Eile, ging an dem Acker entlang, überquerte ihn sogar, dicht an den Reihen mit den Erdbeeren, auf dem hinteren Weg, einem Feldweg, lief er weiter.
Antons Mutter war auch aufgestanden, sie schaute zu den Erdbeerpflanzen. Auf der Wiese neben der aufgebrochenen Erde standen vier Obstbäume, etwas weiter Johannis- und Himbeersträucher.
Die Apfelbäume, sagte sie, gehören geschnitten, und die Quitte auch, aus den Quitten hat meine Mutter das Quittenbrot gemacht, erinnerst du dich?
An Omi?
Sie schaute ihn prüfend an.
Mama, woher kennst du ihn?
Wen meinst du?
Den Mann, mit dem du hier gesessen hast.
Das ist doch dein Freund.
Sie schwiegen. Dann nahm Anton sie bei der Hand. Komm, wir gehen nach Hause.
Sie fragte: Wo ist Wilhelm?
Er wartet auf uns.
Ja, sagte sie.

Anton schlief unruhig. Die Träume waren zäh, er wachte immer wieder auf, konnte sich nicht erinnern, was er geträumt hatte, sank zurück in eine trübe Landschaft, in der er vergeblich versuchte, Einzelheiten zu erkennen. Die

Gesichter waren auch nicht deutlich, er sehnte sich danach, daß endlich der Tag beginne, die Dämmerung ließ aber auf sich warten. Schließlich stand er auf, ging hinunter und suchte das Telefon. Er tippte Carolines Nummer. Aber auch dort war es schon spät.
Dann hörte er oben Schritte. Er setzte sich leise in einen Sessel. Sein Vater kam herunter, sah ihn nicht, ging durchs Wohnzimmer, durch die Küche und wieder die Treppe hinauf.
Anton stand auf und stellte sich ans Fenster. Endlich wurde es hell. Die Straßenlaternen verblaßten gegen die Morgendämmerung, die Umrandungen der Bäume verloren an Schärfe. Da die Dinge wieder sichtbar wurden, verloren ihre Begrenzungen an Genauigkeit. Er dachte, daß er sein Leben genau gekannt hatte und daß er nicht mehr wußte, was ihn erwartete.
Auf der anderen Straßenseite begann etwas sich zu bewegen, ein weißer Lieferwagen stand dort geparkt, dahinter regte sich eine Gestalt, die Arme streckten sich zur Seite und in die Höhe, der Kopf war gesenkt, der Mann hüpfte auf der Stelle, es war draußen noch kalt, an seinem Schrecken erkannte Anton, wer es war, der Mann stand still, gebeugt und wahrscheinlich müde nach einer durchwachten Nacht, die Hände schien er zu falten.
Wenn er nur nicht so klein wäre, dachte Anton. Jetzt zog der Mann eine Kappe auf, er schaute zum Haus hin, dann holte er etwas aus der Jackentasche und betrachtete es, ein Foto, dachte Anton, erkennen konnte er es aber nicht. Er wählte Lydias Nummer ohne nachzudenken. Es war zu früh.
Und ihre Stimme war voller Unruhe. Rüdiger?

Anton brachte keinen Ton heraus.
Rüdiger? Fängst du wieder an? Sie hängte ein, bevor er etwas sagen konnte.

Dann entdeckte ihn der Mann. Sie starrten einander an. Der kleine Mann schien zu grinsen, er hielt das Foto wie eine Trophäe in die Luft.
Er wählte ihre Nummer noch einmal.
Ich halte es nicht aus, sagte sie leise.
Lydia, ich bin es doch! rief Anton. Ich glaube, er steht hier vor dem Fenster.
Rüdiger?
Ja. Er hörte sie hin- und hergehen, das Kind weinte leise, sie beruhigte es und ging wieder hinaus.
Rachel ist aufgewacht, sagte sie.
Es tut mir leid.
Warum glaubst du, daß es Rüdiger ist? Was weißt du überhaupt von ihm?
Er war in der Praxis, mit einem unscharfen Foto von dir, er war zwei Mal da und hat gesagt, ich soll dich in Ruhe lassen. Gestern ist er meiner Mutter gefolgt. Er schleicht mir hinterher.
Kommst du heute zurück?
Ja, nach dem Mittagessen fahre ich.
Dann lass mich mit ihm sprechen. Ich hole dich ab, ruf mich an, wenn du weißt, mit welchem Zug du kommst. Bitte lass mich mit ihm sprechen.
Er steht vor dem Fenster. Kennst du das Bucklicht Männlein?
Ja, sagte Lydia. Was hat das mit Rüdiger zu tun?

Wenn er nicht so klein wäre!
Rüdiger ist einen Meter neunzig groß!
Anton schaute zu dem Mann, das Bild verschwamm. Ich weiß nicht, ob ich mich täusche.
Ich hole dich ab, sagte sie. Ich bringe Rachel mit und hole dich ab, und du kommst zu uns. Sage mir nur, wann du kommst.
Aber wer ist das denn? fragte Anton noch einmal, dann legte er auf.

Als seine Eltern ihn zum Bahnhof begleiteten, waren alle drei schweigsam, sie hatten über den Vortag nicht mehr gesprochen, das Fleisch war zart gewesen, Wilhelm Weber hatte beim Mittagessen über die Zulieferer aus Osteuropa gesprochen, Anton hatte geschwiegen, das Ressentiment seines Vaters gegen Russen, Polen, Ukrainer, Slowaken hatte er schon als Junge gehaßt, sie waren nicht vor die Tür gegangen, alle drei hatten sich sogar von den vorderen Fenstern ferngehalten, sie waren befangen, sie sahen es einander an und schwiegen.
Habt ihr die Haustür abgeschlossen? fragte Anton.
Macht deine Mutter ja nie, hat sie nicht nötig, sie vertraut ja den Leuten, und ich sage jedes Mal, dann kommen wir zurück und es schlägt uns einer den Schädel ein!
Schon gut, Papa, so habe ich es nicht gemeint.
Der Bahnhof kam in Sicht, an dem Automaten vor dem Gebäude standen drei Jungen und rangelten sich. Eine alte Frau mit einem Kopftuch wartete, ohne die Augen von der großen Uhr zu lassen. Sonst war niemand zu sehen, Anton spähte aber unruhig nach rechts und links. Er war da, der

kleine Mann mit seinen Fotos, und wenn er nicht mit ihm, Anton, in den Zug stieg, dann würde er bei seiner Mutter wieder auftauchen, dachte Anton, er war da, ob man ihn zu Gesicht bekam oder nicht.
Er beugte sich zu seiner Mutter und küßte sie. Sie stand Hand in Hand mit seinem Vater, als Anton in den Zug stieg. Er vermied es, den Bahnsteig entlang zu gucken.
Ruft Caroline an, sagte er, wir haben doch versprochen, sie anzurufen, das haben wir gestern ganz vergessen.
Dann schlossen sich die Türen. Nur Anton winkte, seine Eltern lächelten.

Auch in Wolfsburg sah er den Mann nicht, der Zug war voll, Anton stand vor dem Kinderabteil und beobachtete die beiden Jungen, die versuchten einander in die Augen zu piek-sen, die Mütter zogen sie immer wieder ein Stück auf der rot-blau-karierten Decke zurück. Als der Zug jäh bremste, rollte das kleinere Kind gegen die Tür, das ältere prallte mit großer Wucht gegen den Sitz, es schrie nicht, noch immer bremste der Zug, Anton klammerte sich an der Tür fest, die eine der beiden Frauen schien sich verletzt zu haben, die andere beugte sich über ihr Kind. Anton war sich nicht sicher, ob er etwas hörte oder nicht, seine Ohren waren merkwürdig taub. Endlich stand der Zug, es blieb einen Moment wirklich still, dann heulte der kleinere Junge los, der größere war noch immer still, etwas Blut lief ihm über die Schläfe. Seine Mutter war anscheinend ohnmächtig. Keine Angst, beruhigte Anton das Kind und kniete sich auf den Boden, ich glaube, es ist gar nicht schlimm, es sieht nur scheußlich aus. Als er den Kopf hob, sah er das Gesicht des kleinen

Mannes hinter der Glastür. Die Hand des Jungen war verschmiert, er fing endlich an zu weinen, leise und trostlos, ohne sich zu bewegen oder sich nach seiner Mutter umzudrehen. Während Anton vorsichtig mit einem Taschentuch das Blut abtupfte und dabei dem Kind Mut zusprach, begriff er noch immer nicht, was geschehen war, der Zug fuhr schon wieder an, als Anton den Kopf hob, sah er vor dem Fenster hellgrüne Pappeln, in seinen Ohren rauschte es. Es war ein Riß oberhalb der Schläfe, er ärgerte sich, daß er keine Clauden-Watte dabei hatte, nähen mußte man wohl nicht. Sein Handy klingelte, es war sicher Lydia, die nach der Ankunftszeit fragen wollte, er antwortete aber nicht. Als er aufschaute, stand der Schaffner da, schaute ihn an, bevor er loslief, überstürzt, und er rief: Wir brauchen einen Arzt!
Nein! rief Anton ihm hinterher, nicht nötig, ich bin Arzt!
Die Tür des Nachbarabteils öffnete sich, aber Anton war abgelenkt, die Mutter, die wie ohnmächtig dagelegen hatte, kam zu sich, sie sah ihren Sohn an. Hör auf zu weinen, sagte sie.
Die andere Frau lachte nervös. Warum soll er nicht weinen? Er hat sich wehgetan!
Aus dem Großraumwagen hörten sie Gelächter, unfreundliches Gelächter.
Ein Selbstmörder! rief eine Männerstimme. Da, schaut nur, da steht er!
Anton und die beiden Frauen drehten sich auch zum Fenster. Es war aber zu spät, sie sahen nur noch vorbeihuschend einen dunklen Umriß, denn der Zug gewann an Fahrt.
Als Anton sich eben wieder zu dem Kind beugen wollte, trat der kleine Mann in die Tür, und Anton fuhr auf, als er seine

Stimme hörte, das ist Doktor Weber, er macht alles wieder gut. Der Mann grinste ihn an. Oder?
Ich weiß nicht, ob mein Mann auf mich wartet, sagte die Frau mit dem verletzten Jungen, wenn der Zug Verspätung hat, er ärgert sich immer so, wenn ich nicht pünktlich bin.
Wo wohnen Sie denn? fragte Anton.
In Kreuzberg.
Ich kann Sie mitnehmen, im Taxi, sagte Anton. Aber eigentlich sollten Sie doch zu einem Arzt gehen.
Der Schaffner kam zurück, er sah niedergeschlagen aus. Ist hier etwas passiert?
Nicht schlimm, beruhigte ihn Anton. Er ging zur Tür und hielt nach seinem Verfolger Ausschau, aber der war nicht mehr zu sehen.
Was war denn überhaupt? fragte er den Schaffner.
Kinder, da waren Kinder auf den Gleisen, stellen Sie sich vor! Wir haben im letzten Augenblick eine Warnung bekommen. Die haben einen Schutzengel gehabt, sagte der Schaffner, Kinder haben ja noch einen Schutzengel. Er sah Anton an. Haben Sie den kleinen Mann eben gesehen? Er war so freundlich. Er hat mir dann gesagt, daß Sie Arzt sind.
Mein Kind blutet, sagte die Frau. Anton drehte sich zu ihr. Noch immer war es, als übertönte das Rauschen in seinen Ohren alles andere, obwohl er doch gut hörte.

Als der Zug in den Ostbahnhof einfuhr, war er fast leer, die Frau mit ihrem Jungen hatte ihre Sachen in eine Tasche gestopft, als sie zur Tür vorging, verlor sie ein Jäckchen und einen kleinen Bären, Anton lief hinter ihr her und sammelte auf, was herunterfiel.

Sie wollte nicht mit ihm mitkommen, sie zog zu Fuß davon, denn ihr Mann holte sie tatsächlich nicht ab, das konnte Anton sehen. Am Ende des Bahnsteiges sah er aber seinen Verfolger stehen, so, als wartete er auf sie.
Anton drehte sich um und ging davon. Er würde mit der S-Bahn zur Warschauer Straße fahren und von dort mit der U-Bahn. Lydia könnte ihn am Kottbusser Tor treffen, wenn sie mochte. Er war aber plötzlich so müde, daß er gerne nach Hause wollte. Es kam ihm vor, als wäre er für Tage fort gewesen, er fühlte sich auch ängstlich, der Name, den Lydia genannt hatte, klang in ihm nach wie etwas Unheilvolles, er wollte lachen. Rüdiger war ein Name wie ein anderer, wie Hilde oder Wilhelm, und es ging ihn nichts an, wer Rachels Vater war. *Komme ein andermal*, tippte er mühsam in das Handy. *Unfall im Zug. Bin müde.*
Als er die Nachricht endlich abgesendet hatte, rief er Bernd an. Er war im Buchladen, für den Abend hatte er sich bei Jan und Alix angemeldet.
Ich komme auch, sagte Anton, und als er wieder Mut faßte, rief er Lydia doch an und lud sie für den Abend ein.

Morgens war Nuray schon da, hatte die Fenster geöffnet, die Patientenkarten herausgesucht, in sein Zimmer frische Blumen gestellt und etwas zum Mittagessen eingekauft. Er war eine halbe Stunde vor dem ersten Termin da, eine junge Frau kam zu früh, sie wartete, daß Nuray ihr Blut abnehmen würde, sie sah blaß aus, Anton beobachtete, wie Nuray ihre Schulter streichelte, er spürte einen Stich. Die Frau lächelte dankbar. Sie ging dann sehr still weg, und eine Viertelstunde lang hörte man nur die Autos, die Müllabfuhr und Flugzeuge, manchmal Stimmen, die laut waren, es waren vertraute Geräusche, er saß still da und arbeitete nicht, vor ihm ein Stapel mit Abrechnungen auf dem Schreibtisch, er stand auf und schaute auf die Wiener Straße und dachte, daß er mittags spazieren gehen könnte, vor dem Spreewald-Bad rannten Schulkinder mit Rucksäcken, sie machten vielleicht einen Ausflug.

Er wollte Nuray rufen, tat es aber nicht, sie hatte das Telefon in der Hand und schaute zu ihm durch die offene Tür, er hatte das Klingeln gar nicht gehört, er sah, daß sie sprach, auch das hörte er nicht. Das Dröhnen war doch kein Flugzeug.

Alix, dachte Anton, könnte er fragen, was mit seinen Ohren war, sie litt von Kind auf an ihrem Gehör, sie hörte zu gut, sie hörte das Falsche, nie Sachen, die es nicht gab, aber viele, die nur sie und kein anderer hörte, vielleicht wußte sie, was das Dröhnen war, es bedrückte ihn.

Und Nuray nickte jetzt, wie auf einer Bühne, dachte er, wo jemand so tat, als spreche er, ohne wirklich zu sprechen.

Das Klingeln an der Tür hörte er hingegen deutlich, und er öffnete selber. Da standen schon die ersten zwei Patientinnen und strahlten ihn an, als kämen sie nur um seinetwillen. Und Anton schalt sich selber aus, daß er trübsinnig war.

Er war froh, daß die Patienten in dichter Folge hereinkamen. Als er um ein Uhr für eine halbe Stunde Pause machen wollte, reichte Nuray ihm einen Zettel, auf den sie drei Namen notiert hatte. Hilde Weber. Caroline. Lydia.

Soll ich alle drei zurückrufen? fragte Anton entsetzt. Ist etwas passiert?

Nuray zuckte die Achseln. Erdbeeren, sagte sie schließlich. Alle drei wußten nicht so genau, was sie wollten, glaube ich, aber es ging um Erdbeeren.

Er verließ die Praxis ohne zurückzurufen.

Lydia hatte ihm am Vorabend ein Foto von Rüdiger gezeigt. Die Empfindung war über die Maßen unangenehm gewesen. Sie hatten nebeneinander auf dem Balkon von Alix und Jan gestanden, Lydia hatte aus ihrer Jackentasche das Foto gezogen, ihre Verlegenheit hatte ihn unangenehm berührt, es lag etwas Physisches darin, als müßte er selber allzu dicht neben dem kräftigen, gut aussehenden Mann sitzen, der ihn angrinste wie von einem Zigaretten-Plakat, dachte Anton, ein Marlboro-Typ; fast erwartete Anton, Lydia würde vor seinen Augen das Foto streicheln.

Sieht Rachel ihm ähnlich? hatte er gefragt und gewußt, daß die Frage unfair war.

Aber schließlich war das die Realität, die er nicht geschaffen und nicht gewollt hatte, er mußte danach fragen, wenn er mit beiden zusammenleben wollte, sagte er sich; das schlechte Gewissen ließ sich damit nicht abschütteln.

Eine Gruppe kleiner Jungen rannte an ihm vorbei, einer prallte mit der Schulter gegen Antons Bein, da hob er endlich den Kopf, die Autos parkten in der Wiener Straße oft doppelt, ein älterer Mann vom Ordnungsamt fing gerade an, Strafzettel zu verteilen, unter einem parkenden Kleinlaster rannte eine Ratte heraus, eine Katze folgte ihr, die Ratte war aber schneller, und gerade wollte Anton die Katze anfeuern (er haßte die Ratten, die aus den Mülltonnen das Verbandszeug herauszerrten), als sein Blick auf den kleinen

Mann fiel. Er stand zwischen zwei Autos und bewegte sich nicht.

Voller Empörung wollte Anton ihm zurufen, dann ging er ohne eine Geste des Erkennens weiter; er würde ihn ignorieren. Obwohl er nicht einmal hungrig war, aß er in der Morena Bar einen Hamburger, und er beschloß, einen kurzen Spaziergang zu machen, er betrat den Park von Südwesten her, in einem Gestrüpp leuchteten die hellvioletten Blütendolden eines Flieder-Strauches, und hinter den Eiben wartete wieder dieser Mann, als wäre er Antons Peiniger. Und so verlor Anton die Selbstbeherrschung, zum ersten Mal in seinem Leben, er packte ihn, er holte mit der rechten Hand aus, er wollte ihm eine Ohrfeige geben, eine Maulschelle, wie man einem lästigen, nicht ernst zu nehmenden Jungen eine Ohrfeige gab, um ihn zu demütigen. Unfair, ging es ihm durch den Kopf, er war so viel größer, es war nicht anders denkbar, als daß Körpergröße und die Kraft entschieden, unfair oder sogar feige wie das sein mochte. Er würde ihn wegjagen, ein für allemal. Sein Gesicht sah Anton, und es wunderte ihn, darin etwas wie Verlegenheit oder sogar Melancholie zu sehen, er fing Antons Arm ab, er drehte ihn um mit einer Kraft, die mühelos wirkte, dabei vorsichtig, als wollte er sein Bedauern ausdrücken.

Er renkte Anton die Schulter aus. Mit dem irren Schmerz begriff Anton, daß der Mann gar nicht gesehen werden wollte, und Anton war dankbar, daß er ihm nicht mehr antat, sondern davonging, unauffällig eben, und Anton verfolgte ihn nicht, rief nichts, rief auch die Polizei nicht an; er schämte sich, als hätte er Lydia verraten.

Er schämte sich so sehr, daß er sich nicht wunderte, Nuray,

die vorsichtig sein Gelenk wieder einrenkte, ihrerseits verlegen zu sehen, so, als wüßte sie von einem Fehltritt. Sie brachte ihm aber ein Schmerzmittel und half ihm mit den Patienten, bis endlich die Sprechstunde vorbei war, pünktlich schloß sie die Tür ab, auf seinen Schreibtisch legte sie einen Zettel, auf den sie noch einmal die drei Namen notiert hatte, Hilde, Lydia, Caroline.

Er saß da und wußte nicht, was er tun sollte.

Wenn er den Kopf hob, sah er die Straße, den gegenüberliegenden Bürgersteig, und wie schon die Bäume grün waren und wie sie bald staubig sein würden, ein Feuerwehrauto hielt. Seine Schwester war ungeduldig, sie wartete sicherlich auf seinen Rückruf, schon als Mädchen war sie ungeduldig gewesen, nachdem sie begonnen hatte, Calberlah und ihre Eltern zu verachten, sie war mit dem Fahrrad bis nach Braunschweig gefahren, nur fort, und Anton wollte ihr sagen, daß sie kommen sollte, er dachte, daß er alleine nicht zurechtkam. Die Fenster waren aus altem Glas, es war wellig, es hatte ein paar Kratzer, ein Luftbläschen war in der linken, inneren Scheibe eingeschlossen, die Dinge sahen unregelmäßig aus dahinter, er hörte die Krähe, bevor er sie sehen konnte, es war nicht nur das übliche Geschrei, es klang lauter und zorniger, wie außer Rand und Band, dann flog scharf an der Scheibe ein Eichelhäher vorbei, die Krähe verfolgte ihn, und da der Eichelhäher mit einer Wendung entkommen wollte, berührte sein Flügel die Scheibe, Anton hörte es durch das Rauschen, das noch immer nicht nachgelassen hatte, der Vogel geriet ins Trudeln, eine Bruchteilssekunde schien er innezuhalten, da hatte die Krähe ihn eingeholt. Es war erstaunlich, wie ein einziger Schnabelhieb ausreichte, der Schnabel konnte anscheinend die Federn durchdringen, und als Anton aufstand und das Fenster öffnete und hinunterschaute, lag der Vogel blutend da, die Krähe tanzte aufgebracht darum herum.

Kein Passant kam vorbei. Anton wollte hinunterlaufen, um die Krähe von ihrem Opfer zu verjagen, sie hockte gerade auf dem Vogel. Nuray! rief er über die Schulter, als könnte er alleine nichts tun. Das Telefon klingelte, er wußte nicht, wohin zuerst, sicherlich war es Caroline, die nicht länger warten wollte, sie ließ nicht nach, während er doch hinunterlaufen mußte, er beugte sich weiter hinaus und schrie die Krähe an, aber da war schon jemand anderes, aus dem Laden war eine dicke Frau herausgekommen, mit einem Eimer Wasser, die Krähe wich zurück, der Eichelhäher flüchtete sich unter ein Auto, das reichte der Frau, sie holte einen zweiten Eimer, weil auf dem Bürgersteig noch Blut war, und die Krähe hüpfte unter das Auto.

Wieder klingelte das Telefon. Er nahm es und drückte ungeschickt mit dem Daumen der linken Hand auf die grüne Taste, die Stimme erkannte er nicht gleich, Mama! rief er erleichtert, als er seinen Namen hörte, da war es still, bis Caroline auflachte.

Er hatte den Vorfall vergessen, als er eine Stunde später aus dem Haus trat. Die dicke Frau putzte die Fenster des Orthopädie-Ladens, sie trug eine gelbe, verschmutzte Schürze, Anton hatte sie noch nie gesehen. Vor dem Laden parkte kein Auto mehr, auf der Fahrbahn war von dem Eichelhäher nicht viel übrig.

Wie mit vagen Füßen und den verschwommenen Spiegelungen in den Fensterscheiben und unter der Tür durch, dachte sie, als wäre man so dünn, daß man unter den Türen hindurchpaßte, die ganzen Bewegungen, die vertraut waren und davonglitten, unscharf, im Verschwinden begriffen, so wie ihre Falten, die Lachfalten verschwanden allmählich, sie würde mit einem glatten Gesicht sterben, das hatte ihr Wilhelm gesagt, war er es nicht gewesen?
Wenn er nicht da war, durchquerte sie die Wohnung wie ein Tier, mit einem Bewußtsein äußerster Zugehörigkeit, aber fremd, und was man berührte, was man losließ, gehörte zueinander, es klebte nicht aneinander, es war über die Fußsohlen verbunden, sie zog die Schuhe aus, die Blindheit wechselte nämlich, in die Augen, in die Füße, in dieses innere Gedächtnis, das über kleine Verletzungen tastete, die Glassplitter all der Jahre, die zerbrochenen Gläser, Lampen, die Teller auch, kleinste Fragmente Porzellan, und was verloren war, wie auf Befehl einer heimlichen Herrschaft wieder auftauchte, der Handschuh, dessen Zwilling sie vor drei Jahren schließlich weggeworfen, daß sie sich an derlei erinnerte, da war er wieder, dunkelblau, die Finger mit Wildleder verstärkt, die Handinnenfläche auch, es war doch ein Geschenk gewesen, wenn sie sich nicht irrte, ein Geschenk ihres Mannes, zu einem Tag, den sie vergessen hatte, Geburtstag oder Hochzeitstag, und wie der feierliche Anlaß, so war erst der erste, dann der zweite Handschuh verschwunden, was dann doch wieder auftauchte, lernte sie, half nichts.
Der Besitz löste sich in Nichts auf.
Für Stunden geriet sie in eine andere Welt, und wenn sie dahin zurückkehrte, wo sie zu leben gewohnt war, erschrak sie

auch, es war nicht vertrauter als das Fremde. Wilhelm verstummte. Er war schweigsam gewesen, während er gearbeitet hatte, dann hatte er ein paar Monate oder Jahre mit ihr gesprochen, wenn sie in der Küche war und er sich an den kleinen Tisch setzte, an dem sie die Zwiebeln schnitt oder Gemüse putzte. Nun verstummte er. Seine Fremdheit war aber nicht die ihre. Das wollte sie ihrer Tochter sagen, daß sie beide Fremde wurden, aber in einer je eigenen Fremdheit; sie hatte Angst, daß Caroline nicht begreifen würde, daß sie alleine war, sie konnte es Wilhelm nicht erklären, nichts konnte sie mit ihm teilen, darüber war sie verzweifelt, er ließ auch nach, das merkte sie fast täglich, vergaß, worum sie bat, geriet in Unordnungen, er hatte auch begonnen, laut zu sich selbst zu sprechen, er redete sich Mut ein, die Sachen, die er brauchte, redete er herbei, bis er vergaß, was es gewesen war, wozu er sie gebraucht hatte, sie sah ihn manchmal still dastehen mit etwas in der Hand, das er betrachtete, freundlich oder mit Ärger, sie dachte, daß sie nicht wußte, ob er zu ihr freundlich war, und dann vergaß sie, wie lange alles her war, der Kummer, der Streit, ihre Liebe, die Geburt ihres ersten Kindes, die Geburt ihrer Tochter. Nach ihrer Tochter sehnte sie sich, sie wollte so gerne, daß Caroline käme und bei ihr bliebe, es war das einzige, was sie sich wünschte. Sie wusch die Hemden und bügelte sie. Sie kaufte Rhabarber, und wenn die Erdbeeren reif wären, würde sie noch einmal Rhabarber kaufen für die Marmelade, und wenn dann die Erdbeeren eingekocht wären und die Gläser mit Erdbeermarmelade verschickt, dann würde sie zu ihrer Tochter gehen. Sie wollte nach Hause, es war genug. Sie hatte Caroline immer gesagt, daß man beizeiten daran denken mußte, nach Hause zu gehen. Weggehen war leicht. Und zu Hause war noch jemand und wartete und hielt die Tür offen, wenn man nicht zu spät war. Ihr großer Bruder, von dem sie Wilhelm nie erzählt hatte. Das hintere Zimmer wurde abgeschlossen, aber jetzt ließ sie sich davon nicht länger abhalten. Er war nicht rechtzeitig zurückgekommen, sie hatte auch nicht den Mut gehabt, sich zur Tür zu schleichen und wieder aufzuschließen. Ein Leben lang gedient, hatte ihre Mutter gesagt, und dann ist es abgedient. Das würde sie Caroline auch sagen, wenn sie nur endlich käme. Die Marmelade noch, wenn sie im Keller aufgeräumt hatte, das war der Beginn des Sommers, jedes Jahr hatte damit der Sommer angefangen, daß sie die alten Gläser ausgewaschen hatte und wieder neu gefüllt, damit das Jahr ohne Sorge vergehen konnte; daran hatte ihre Mutter festgehalten und sie auch. Ihr Vater und ihr jüngerer Bruder waren eigene Wege gegangen. Das behauptete ihre Mutter. Sie kamen aber wieder, jeden Frühsommer kehrten alle zurück, im Mai oder im Juni, wenn die Erdbeeren reif wurden, so war es, seit sie ein Kind gewesen war, und so war es geblieben. Denn Caroline rief an.

Sie lief durchs Haus und suchte Wilhelm. Er war aber nicht im Haus.

Er stand im Garten.

Es hatte seit drei Tagen nicht geregnet. Schon um diese Jahreszeit ging sie auf den Acker, um zu gießen. Das Rosenbeet war vorletztes Jahr verschwunden. Anton hatte es nicht bemerkt. Caroline würde traurig sein. Zuviel Gießen war auch schädlich, dann wurden die Früchte groß und verloren den Geschmack, oder sie faulten sogar. Aber ganz ohne zu gießen ging es nicht. Dem freundlichen Herrn hatte sie gesagt, daß sie zum Pflücken Hilfe brauchte. Man brauchte Hilfe, das war es, was sie immer wieder vergaß. Man brauchte Hilfe für diese kleinen, praktischen Sachen, man brauchte Hilfe, weil es Mißgeschicke gab, ja.

Mutter, das Problem ist nicht, daß du Hilfe brauchst, sondern daß du sie nicht bekommst! hatte am Telefon Caroline ausgerufen und sich geschämt, denn es war, als würde sie Anton bloßstellen. Sie hatte geseufzt und gesagt, ich komme.

Es fiel Hilde wieder ein, als sie die Treppe hochging (warum war sie die Treppe hochgegangen?). Denn sie stand unten, und sie hatte etwas vergessen. Wo war Wilhelm?

Manchmal war sie voller Hoffnung und Zuversicht.

Er war in der Küche und schrieb etwas auf einen Zettel. Ich gehe, sagte er zu ihr, jetzt Anton abholen.

Sie schaute ihn an. Es war in ihrem Kopf alles deutlich und klar. Was für ein betrüblicher und schrecklicher Irrtum, sie wollte es ihm sagen.

Aber dann, während sie ihn mit dieser altgedienten Zuneigung betrachtete, trübte sich etwas, sie konnte förmlich zusehen, wie es sich trübte, sie war müde, sie wollte noch etwas sagen, du irrst dich ja, Anton ist vorgestern angekommen, oder war es schon einen Tag zuvor gewesen? Sie streckte die Hand zum Tisch hin. Da war die Pfeffermühle. Sie stand auf dem Tisch.

Und Wilhelm ging. Er dreht sich nicht mehr um, als sie ihm winkte. Sie mußte, das war keine Schande, um Hilfe bitten, mit den Erdbeeren würde Anton ihr gerne helfen, wenn sie es ihm beizeiten sagte, daß er sich einrichten konnte. Seine nette Sprechstundenhilfe war am Telefon. Er werde zurückrufen, ja, sie werde es ausrichten, wegen der Erdbeeren. Aber er tat es nicht. Sie wartete. Dann wählte sie, weil Wilhelm noch immer nicht zurückgekehrt war vom Bahnhof, seine Nummer ein zweites Mal. Das Besetztzeichen klang hastig wie ein ängstliches Herz. Sie sagte etwas. Sie sagte es ihm. In einem Baum nistete eine Taube. Das war die Bewegung der Zweige in der Birke, die im Garten dann im Herbst überall ihre kleinen Blätter verlor. In der Hand konnte man einen Krampf spüren. Es hatte eine freudige Nachricht gegeben, die sie ausrichten wollte. Das Telefon klingelte noch einmal, dann verstummte es.

Lydia war um Mitternacht nach Hause gekommen und hatte die Babysitterin, die fünfzehnjährige Nachbarstochter auf dem Sofa schlafend gefunden, sie hatte das Mädchen zugedeckt und sich zu ihr gesetzt, als sie die Stehlampe ausgeschaltet hatte, sah sie, wie das Licht einer Straßenlampe die kleinen beweglichen Schatten einer Birke an die Wand warf, das Laub schien sich zitternd zu versammeln und wieder auseinanderzulaufen, es wurde manchmal von einem vorüberfahrenden Auto gestört. Dann verschwand das Bild ganz von der Wand, es war auch still, man hörte kaum ein Rauschen, das Mädchen atmete, aus dem Kinderzimmer kam ein leises Rascheln, Rachel drehte sich zwischen ihren Kuscheltieren hin und her, und das junge Mädchen, das Elise hieß, sah ernst aus. Das Dröhnen, von dem Anton sprach, war nicht zu hören, vermutlich ein Tinnitus, er hatte Alix gefragt, selbst Alix hatte verneint. Wenn du es nicht hörst, hatte er traurig gesagt und sich ins Wohnzimmer gesetzt, dann ist da nichts.

Sie hatte ihn dort sitzen sehen, während sie sich mit Bernd unterhalten hatte, Jan, vor dem sie sich ein wenig fürchtete, war sehr freundlich zu ihr gewesen, sie hatten alle Anton in Ruhe gelassen; beim Abschied sagte Bernd aber, so trüb kenne ich dich gar nicht. Es gab Lydia einen Stich.
Mitleid mischte sich mit Kränkung und Angst, er war nicht glücklich, obwohl sie gekommen war, war er nicht glücklich; sie war alleine aufgebrochen, er hatte sie zur Tür gebracht und in seinen Armen gehalten, die Liebe heilte nicht jeden Schmerz. Es ist, als klopfte der Tod an, sagte er bedrückt zu ihr, dabei zeigte er auf seine Ohren oder auf den Himmel, sie war sich nicht sicher.
Sie sah, daß er sie liebte, aber die Liebe ließ das andere Leben nicht vergessen, schob allenfalls zur Seite, was schmerzlich war, vielleicht war sie nicht mehr das Gegenteil des Todes, sondern ein Teil davon, Alix hatte etwas Ähnliches gesagt, ach, immer die arme Liebe, die alles richten soll, und sie hatte ihr zugelächelt, wie um sie zu trösten, Lydia wußte aber nicht, was sie von diesem Trost halten sollte. Vielleicht wußte Alix etwas über Anton, das Lydia erst später erfahren würde. Vielleicht hatten die Begriffe – so klar sie Rachel gegenüber waren – nicht mehr die Bedeutung, die Lydia ihnen zumaß, auch wenn sie nicht wußte, was sich veränderte.
Elise richtete sich auf, ihre Augen blieben geschlossen, Lydia murmelte etwas Beschwichtigendes, deckte das Mädchen wieder zu, sie würde, dachte sie, im Sessel schlafen, sie mochte nicht in das Bett gehen, das sie mit Anton geteilt hatte. Rüdiger hätte dasselbe sagen können wie Alix, dachte sie. Er warf ihr etwas vor, das sie nicht begriff, es war ein Vorwurf, der nicht ihr persönlich galt, eher ihrem Alter, ihrem

Stand, ihr könnt es euch leisten, kein Standesbewußtsein zu haben, hatte Rüdiger ihr gesagt, spöttisch, als lohnte nicht einmal Verachtung und auch keine Erklärung. Ihr könnt es euch leisten, pathetisch zu sein, hatte sie erwidert. Zu ihrer Überraschung hatte Rüdiger nicht widersprochen.

Daß du mich alleine läßt, hatte er beim letzten Treffen gesagt, damit kann ich leben. Aber daß du mich alleine sterben läßt, obwohl ich ein Kind haben könnte, das ist schwer zu verzeihen.

Verziehen hatte er ihr vielleicht. Das Kind ließ er ihr. Er war großzügig gewesen, vielleicht konnte er Anton gerade deswegen nicht ertragen.

Leise stand Lydia auf, nahm das Telefon und ging in die Küche. Rüdiger schlief nachts kaum, sie würde ihn nicht aufwecken, wenn sie vor zwei Uhr anriefe.

Herzbrüchige waren sie, sie kannten den Verrat, wußten es insgeheim, sie nahmen den Schmutz in die Hand, taten, als machte es ihnen nichts aus, sie konnten sich betrinken, sie konnten nüchtern sein am nächsten Morgen, es kam ihnen nicht darauf an, sie konnten einen Vogel erschlagen oder nicht, sie konnten die Nacht ertragen, an ihnen glitt die Dunkelheit ab, als ginge ihr Schlaf auf etwas anderes zurück als sein Schlaf, und es waren nicht die Alpträume, die ihn am Schlafen hinderten, man konnte sich derlei einreden, bis die Beschwichtigung wirkungslos war, und es riß der nächste Graben auf, immer gab es irgendwelche Fallen, man flog in die Luft und meistens doch nicht, meistens passierte gar nichts, man stand bloß da wie ein Idiot und schnappte nach Luft, atmete weiter. Lief los. Immer noch am Leben.

Alles hing davon ab zu leben. Auch wieder nicht. Er sagte so etwas immer wieder, nicht weil er die Großspurigkeit so sehr liebte (er liebte sie), er ertrug einfach die Unwissenheit nicht. Was frißt denn an dir? hatten sie ihn bei der Legion gefragt. Er wußte die Wahrheit nicht. Unser Denker, hatten sie ihn verhöhnt. Aber er wollte es wissen: War sein Leben falsch? War vielleicht das seiner Eltern richtig, saufen, sich prügeln, das ganze Zeugs, was sie auf Raten kauften, die Scheidung, und wie sie einander haßten, ihn auch haßten? War das richtig? Dabei waren sie nichts anderes als beliebige Kleinbürger. Durchschnitt. Steuerzahler. Lebenslang, und sie würden alt werden. Darauf war er nicht angewiesen. Und auf Lydia ebensowenig. Diese Einsamkeit, der man das Maul nicht stopfen konnte. Diese Einsamkeit, die den Sieg davontrug wie eine Beute, ein fettes Stück Fleisch. Gleichgültig, ob das letzte bißchen Zärtlichkeit zerronnen war oder nicht. Herzbrüchige waren sie, in ihrer gespielten Ahnungslosigkeit, das war ihre schärfste Waffe. Und Lydia hatte das Herz gehabt, ihm seine Tochter nicht in den Arm zu geben.

Am Morgen, wenn es dämmerte, schlief er leichter ein, wenn die Lautsignale ihn übertönten, sein angespanntes Lauschen lächerlich machten, er konnte die Kehrmaschinen am Geräusch unterscheiden, die Fahrer, wenn die Witterung die Geräusche auch veränderte, die regennassen Straßen oder die trockenen Straßen, so trocken, daß er sich einbildete das Wasser zu hören, das verspritzt wurde. Die Fahrtgeräusche waren von der Witterung abhängig und von seinen Halbträumen, dem wirren Gefüge von Bildern mit realen Empfindungen unterlegt, mit Schweißausbrüchen,

Samenergüssen, allem, was der aufgestörte Körper zu bieten hatte, seine Halbträume zerfegten, zerrissen die Gedanken, und wenn er seinen Körper zur Ruhe zwang, wie er es gelernt hatte, bewegungslos blieb, am Fenster stand, ohne sich einen Zentimeter zu bewegen, eine halbe Stunde, eine Stunde lang, ohne einen Muskel anzuspannen, dann vergaß er endlich, wo er war. Es gibt keinen besseren Ort, hatte er zu Lydia gesagt. Sie hatte ihm nichts voraus. Er schaute ihr ins Gesicht. Im Spiegel sah er sich in Camouflage-Jacke, schwarzer Hose, mit der Kappe, die nicht mehr weiß war, sondern schwarz. Sein kleiner Pilot war längst wieder in Zivil. Martin würde keiner bemerken, wo auch immer er auftauchte, so unscheinbar war er. Ein Nachtfalter, eine Motte, hatten die anderen gesagt, fraß heimlich auf, was er fand, klammerte sich überall fest, dabei biß er Löcher ins Fleisch, fraß die Ärmel auf, sie hatten immer über ihn gelacht, man hätte ihn erschlagen können, tat es aber nicht, denn er war nützlich, wenn er einem nicht den eigenen Pullover zerfraß, er war ein ausgezeichneter Pilot. Er fand im Dunkeln seinen Weg. Rüdiger hatte er erzählt, wie er noch immer trainierte, kein Licht anschaltete oder sich die Augen verband, er liebte es, wenn ihm die Augen verbunden waren, nicht nur beim Sex, hatte er ernsthaft erklärt und das Gewieher Rüdigers ertragen. Unscheinbar. Unsichtbar. So unsichtbar, daß ihn nichts und niemand mehr fand als die Einsamkeit. Er hatte Lydia gesehen, mit seinen scharfen Nachtaugen, Rüdiger war sich nie sicher, was Martin vorhatte, er schien ihm immer den Vortritt zu lassen, als wäre Rüdigers Größe ein ausreichender Grund. Ein oder zwei Mal aber hatte Rüdiger ihn gesehen, wie er Lydia verfolgte. Er hatte ihn zur Rede gestellt. Martin log nicht. Er hatte vor dem Museum gewartet, als Rüdiger sich zum letzten Mal mit ihr getroffen hatte, mit ihr und dem Baby. Sie gehörten zusammen, Martin und er, Martin war sein kleiner Pilot. Aber er haßte ihn, als wäre Martin schuld, als gehörte Lydia zu Martin.

Und so war er ihm gefolgt, als er Martin am frühen Abend auf der Skalitzer Straße gesehen hatte, zur Herzbrüchigen. Die Straßen entlang, wie benommen in einem der wirren Halbträume. Kleiner Schwiegersohn, hatten sie Martin genannt, weil er so adrett war, reinlich und höflich und freundlich wie niemand sonst.

Keiner glaubte ihm, keiner glaubte daran, daß Martin so war. Zuverlässig. Ohne Arg. Rüdiger verteidigte ihn. Sie kannten sich von Kind auf.

Wenn er einschlief, tauchte Martin manchmal wie früher vor seinem Fenster auf und klopfte, weil Martin damals, als sie Kinder gewesen waren, spürte, wenn Rüdiger verzweifelt war, er nahm ihn mit, sie streunten durch die Straßen oder durch den Wald, sie gingen sogar in den winzigen Park, in dem auf einem Teich Enten und ein Schwan schwammen, und Martin hatte Brot dabei, das sie ihnen fütterten. Der kleine Pilot witterte, was mit Rüdiger los war, er irrte sich nie. Er liebte ihn. Zwei Mal hatte er ihn, als es knapp wurde, als ein paar Idioten sich mit ihren Macheten auf ihn stürzten, herausgeholt. Martin hatte sie erschossen, zwei, er war der erste von ihnen gewesen, der jemanden getötet hatte, in Somalia, man hatte es vertuscht. Die Legion tötete nicht mehr. Sie hatten den Auftrag, Menschen zu retten. Sie spotteten darüber, sie beneideten Martin. Ein Mal war er zu spät gekommen, und wenn es ihm auch gelang, seinen Freund

zu befreien, so riskierte er doch sein Leben; am Ende war Martins Daumen abgeschnitten, zwei Wochen war nicht klar, ob er überleben würde, die infizierte Wunde verheilte, von dem Schmerz blieb aber etwas für Jahre, etwas, das Martin immer verbergen mußte, vor allen, außer vor Rüdiger. Er schaffte, daß man es nicht sah, kaum jemand wußte, daß ihm ein Finger fehlte. Er schaffte es, Pilot zu bleiben.
Unsichtbar blieb er, und Lydia ahnte nicht, daß ihr jemand folgte, daß jemand sie und ihr Baby bewachte. Martin verriet ihn auch. Er ließ nicht zu, daß Rüdiger aufgab.
Es zehrte an ihm. Sie wußten nicht, was sie einem antaten. Sie wußten es nicht, weil man alles getan hatte, damit sie es nicht erfuhren. Die Herzbrüchigen. Rüdiger lachte und schloß die Augen. Wie sie aufgestanden war, das Baby im Arm. Er mochte Babys nicht besonders. Es war seine Tochter, ein winziges Geschöpf, dünn, so kam es ihm vor, er fragte sich, ob sie genug zu essen bekam, Lydia hatte kleine Brüste, selbst jetzt, da sie stillte. Sie tat es nicht, so lange er dabei war. Er wußte, daß sie glücklich war, und sie hatte ihm das Herz gebrochen. Wenn er aufstand, durch die Wohnung lief, ans Fenster ging und auf die leere Straße hinausschaute, erwartete er, seinen kleinen Piloten zu sehen. Er wartete. Er fürchtete, ihn mit Lydia zu sehen. Martin liebte Lydia. Er fürchtete sich, als wäre Martin sein Todesengel.

Wie gleichmäßig die Tage vergingen, als wollten sie auch warten, ohne sich zu rühren, bis Caroline käme, sie begannen mit heller Dämmerung, wurden mit der hochsteigenden Sonne nicht gleißend, blieben ruhig, selbst in der ersten Hitze, die sie aber bald bezähmten, denn zuviel Hitze war

auch kein Glück; dann stiegen sie wieder vom Zenith, kühlten, zogen sich bescheiden als Frühsommertage zurück, um nicht den Sommer vorwegzunehmen.
Jeden Tag wollte sie auf den Acker.
Es war eine plötzliche Steifheit, die sie im Haus hielt, nur in den Garten ließ, nicht weiter, die Beine gehorchten ihr nicht, die Knochen, ihr Kopf. Sie begriff nicht, was ihr geschah. Wilhelm war hinter ihr zurück geblieben, empfand sie, er wollte nicht zu ihr gehören, zu ihrer Vergeßlichkeit, zu ihrer Angst, er wurde streng, er sorgte sich, als ginge es ihn nicht ebenso an. Von einer Krankheit bei sich selbst sprach er nicht, als sollte es nicht wahr sein. Und sie vergaß, ob sie je darüber gesprochen hatten, ob sie sich einig gewesen waren, ob es eine Treue zwischen ihnen gab.
Es hielt ihn nicht bei ihr, trotz aller Sorge.
Sie traute sich den Weg nicht zu. Es kam ihr weiter vor als sonst.
Täglich wunderte sie sich, daß ihre Tochter nicht bei ihr war. Sie fragte nicht nach, sie wußte nicht, wen sie fragen sollte. Anton schien nicht zu antworten. Sie schrieb sich auf, wann sie ihn angerufen hatte, um ihn nicht zu stören. Aber sie erinnerte sich nicht, ob er zurückgerufen hatte, sie wußte nicht, wen sie danach fragen sollte.
Die Tage waren so warm und schön und vielversprechend. Bald mußten die Erdbeeren reif sein. Und Hilde war unruhig. Sie erinnerte sich an andere Sommer, sie erinnerte sich daran, wie sie die Erdbeeren gewässert hatte und wie sie mit Wilhelm, später mit Caroline und Anton auf den Acker gegangen war, um die ersten Erdbeeren zu essen, die Kinder durften sie pflücken, und während sie später versuchten,

sich zu drücken, wenn sie helfen sollten, waren sie in den ersten Tagen ebenso begierig wie Hilde selbst, die schönsten Früchte zu finden. Der Frühsommer war immer ihre liebste Jahreszeit gewesen, so wie sie auch die Jahre zwischen Zwanzig und Dreißig am meisten geliebt hatte, und als der fünfunddreißigste Geburtstag, dann der vierzigste gekommen war, hatte sie heimlich bittere Tränen vergossen. Es war nicht so sehr die Kränkung, weniger hübsch und frisch auszusehen oder von den Männer weniger beachtet zu werden oder weniger schnell und geschmeidig zu sein als früher. Sie hörte auf Tennis zu spielen, sie hörte auf zu tanzen. An ihrem vierzigsten Geburtstag hatte sie zum letzten Mal getanzt. Die Freude war nicht verdorben, aber gedämpft. Sie erinnerte sich an die Helligkeit, eine Weile war es ihr vorgekommen, als würden ihre Augen schlechter, sie suchte einen Augenarzt sogar auf, er hatte sie trösten wollen.
Man fragte nicht, warum das Leben weniger wurde und verlorenging, man hatte auch nicht gefragt, warum man nie anderswo tanzte als auf den seltenen Festen in Calberlah oder Wolfsburg.
Manchmal dachte sie an die Zeit, da sie geglaubt hatte, sie werde Wilhelm und die Kinder verlassen, sie werde ein zweites Leben beginnen, das richtige Leben; auf einem Hof unweit von Wolfenbüttel, auf einem Hof, der so still und lebendig war, daß ihr lange, nachdem der Bauer geheiratet hatte, Tränen in die Augen stiegen, wenn sie daran dachte, an den gepflasterten Hof, auf den sich die Pferdeställe hin öffneten, und neben den Pferdeställen waren in halber Höhe die Kaninchenkäfige, und im Garten gab es ein großes Gehege für die Kaninchen, und es gab Hühner und Perlhühner

und natürlich die Milchkühe, Martin, so hieß der Bauer, hatte ihr beigebracht zu melken, er hatte es ihr nicht nur ein Mal gezeigt, er hatte sie üben lassen. Sie hatten sich kennengelernt, als Hilde sich mit den Kindern bei einem Spaziergang verlaufen hatte, sie waren ins Gespräch gekommen, und ohne es je auszusprechen, wußten sie beide, daß sie sich auf der Stelle ineinander verliebt hatten. Er hatte gehofft, er hatte auf sie gewartet.

Und in der Stille – Wilhelm war ein disziplinierter Schläfer, der nicht schnarchte und sich nicht herumwälzte nachts, er wachte auf, wie er eingeschlafen war –, in der Stille der Nächte, in der sie lauschte, ob eines ihrer Kinder aufwachen und sie aus den einsamen Gedanken reißen würde, hatte sie wieder und wieder überlegt, ob sie ihn verlassen könnte. Ob er ihr die Kinder lassen würde. Sie stellte sich vor, wie sie dort leben würde, wie sie über den Hof gehen würde, um die Hühner zu füttern, ihre Kinder rufen, den Tisch decken, einen langen Tisch. Martin Pfälzer hieß er, obwohl der Hof schon immer bei Wolfsburg gewesen war.

Und Martin war der Name des freundlichen Mannes gewesen, mit diesem Namen hatte er sich vorgestellt, nennen Sie mich Martin, er hatte ihr die Hand entgegengestreckt, höflich, lächelnd, soll ich Ihnen helfen?

Er war nicht größer als ihr Martin. Ein kleiner Mann. Er war ihr so vertraut gewesen, vom ersten Augenblick an, als sie auf der Treppe des Restaurants gesessen hatte, unfähig, alleine aufzustehen. Diese Entscheidung. Sie spürte, daß sich etwas veränderte, daß etwas vorüber war, aber wie sollte sie aufstehen, wenn sie nicht wußte, wohin sie gehen sollte? Sie hatte gelauscht und gewartet, Nacht für Nacht war es still geblieben, die Kinder schliefen in ihren Betten, manchmal wunderte sich Hilde, daß am Morgen alle aufwachten, daß sie einen Schutzengel hatten, der sie in dieser ungeheuren Stille in irgendeiner Balance hielt, sie vier, die sich morgens zum Frühstück versammelten, denn Hilde war da, sie stand jeden Morgen vor den anderen auf, um das Frühstück zu machen, ein paar Mal hatte sie die Koffer gepackt und wieder ausgepackt, das war alles.

In dieser Zeit hatte sie damit begonnen, den Acker zu bepflanzen, sie hatte ihn geerbt, von ihrem Vater, ein Stück Land, das niemals Bauland geworden war und auf dem bloß ein paar Bäume standen, Obstbäume immerhin. Pflaumenbäume. Apfelbäume. Ein Kirschbaum stand dort, inmitten der verwilderten Büsche, des hohen Grases, die Kinder hatten im Gras gespielt. Mehrmals hatte sie Martin dort getroffen. Es gab eine kleine Holzhütte, davor stand eine Bank, Martin hatte ein dickes Brett auf zwei Eisenfüße geschraubt, eine Lehne fehlte. Wilhelm hatte die Hütte abgerissen.

Sie hatte Helmer gebeten, die Bretter wegzubringen und ihr mit den Beeten zu helfen, er war mit seinem kleinen Traktor gekommen, sie wollte Kartoffeln und Erdbeeren und Gurken und Tomaten, sie wollte, erklärte sie, ihr eigenes Obst und ihr eigenes Gemüse und auf niemanden mehr angewiesen sein, die Kinder kamen in die Pubertät, es war wichtig, daß sie gesundes Gemüse aßen und genug Obst. Himbeeren. Johannisbeeren. Vor allem aber Erdbeeren, weil beide Erdbeeren liebten, das einzige Obst, das sie liebten. Äpfel mochten beide nicht. Beide weigerten sich, Orangen oder Bananen zu essen. Nach Weihnachten fingen sie an zu fragen, wann es wieder Erdbeeren geben würde. Sie machten

sich über ihre Mutter lustig. Aber alle, sogar Wilhelm, nachdem er die Holzhütte abgerissen hatte, liebten den Acker, auf dem jeder sein eigenes Beet bekam, und Anton ließ seinen Hasen frei herumlaufen. Es hatte ihr geholfen, Martin zu vergessen. Wie schwer es gewesen war, ihn zu vergessen.
Keiner hatte ihr jemals davon gesprochen, wie man eine Liebe aufgab, wie den Geliebten und ein ganzes, ersehntes Leben vergaß, es war, als wäre sie in einem fremden Land aufgewacht oder auf einer Insel, als wäre sie verlassen, und sie stand und schaute über das Meer, das weder freundlich noch unfreundlich war, nur gleichmütig, und der Gleichmut jedes einzelnen Tages ließ sie wieder Tritt fassen, auf eine Weise, er ließ sie aber auch straucheln. Sie war, träumte sie manchmal, doch gestürzt, und keiner hatte es bemerkt, so, als wäre sie auf einer Wanderung zu weit zurückgeblieben, und die anderen hatten sich nicht umgeschaut und ihr Fehlen nicht bemerkt.
Viel später war ihr alles noch einmal eingefallen, als Caroline in ihrem Bett gelegen hatte und nicht aufgestanden war, um den Zug zu nehmen, der sie nach Frankfurt zum Flughafen bringen sollte. Ich habe gar kein Problem damit, hatte sie kläglich gesagt, daß er mich verlassen hat, aber wie soll ich jetzt weiterleben? Es ist alles so leer.
Sie hatte die Hand ihrer Tochter in ihrer Hand gehalten und gestreichelt, aber sie hatte nichts gesagt, sie wußte nicht wie, sie konnte den Namen Martin nicht aussprechen, und so fiel die Erinnerung noch einmal ins Vergessen, das gnädig war und einen Kummer zurückließ, der nicht vergehen wollte. Als ihre Tochter einen Tag später doch abreiste, begann Hilde, um sie zu bangen. Und die Bangnis blieb, wenn

auch gut verdeckt, und dann blieb und blieb Anton alleine und heiratete nicht, auch das war eine Bangnis, es war wie ein unsichtbarer Berg, auf den man irgendwann hinaufklettern würde, um zu sterben, am Ende waren das Vergessen und die Liebe nicht mehr zu unterscheiden.
Nennen Sie mich Martin, hatte der freundliche Mann ihr gesagt, und er hatte sie begleitet, bis zum Acker, wo sie nach den Erdbeeren schauen wollte.

Das Flugzeug landete um zehn Uhr zehn in Frankfurt, die Koffer kamen nicht, sie wartete so ungeduldig, als käme es auf jede Minute an, dabei war viel Zeit bis zur Abfahrt des Zuges vom Hauptbahnhof, sie starrte auf das Band, das sich noch nicht in Bewegung gesetzt hatte und überlegte, ob sie nicht gehen sollte. Sie könnte den Koffer zurücklassen. Man würde sie ausfindig machen, der Koffer würde nicht einmal verloren gehen, und was sie notwendig brauchte, gab es sogar in Calberlah. Es war ein großer Koffer, so groß, als sollte sie in Deutschland Monate verbringen, alle Sommermonate jedenfalls, und letztlich alle Zeit, bis ihre Mutter sterben würde. Für Mai war es warm. Die Erdbeeren würden reif sein, hatte ihre Mutter am Telefon gesagt. Wir können zusammen auf den Acker gehen.
Caroline war seit Jahren nicht mehr auf dem Acker gewesen. Sie hatte die Holzhütte gemocht, und ihr Vater hatte sie abreißen lassen. Dann hatte ihre Mutter ihr ein eigenes Stück Erde zugeteilt, sie hatten den ganzen Acker aufgeteilt, sogar ihr Vater hatte etwas bekommen, ein halbes Weinfaß grub er in die Erde ein, er hatte Goldfische gehabt, wenn auch nicht lange, eine Katze mochte sie herausgefischt haben.

Anton hatte Blumen gesät. Im ersten Jahr war es ein neues Spiel gewesen. Zu Weihnachten hatten Anton und sie beide eine Schürze und eigene Lederhandschuhe bekommen, sie hatten stolz ihre Initialen darauf geschrieben. Das folgende Jahr war ein gutes Jahr, Anton war über die Erdbeeren so glücklich gewesen, daß er seine Muffigkeit (er war dreizehn Jahre alt geworden) darüber vergessen hatte, alles war gewachsen, sie hatten Karotten und Salat und später Tomaten und Paprika in ihrem Garten, alle Kräuter dazu, sie waren zu dritt jeden Abend auf den Acker gegangen, es hatte sie glücklich gemacht, und aus keiner anderen Zeit erinnerte sich Caroline so deutlich und so gerne an ihre Mutter. Ihr Vater war nicht dabei gewesen.

Sie hatten sich kleine Geschenke gemacht, Blumensamen oder eine Schere oder ein Gartenbuch, Anton hatte sich für sein Fahrrad einen Anhänger gewünscht, so hatten sie leicht das Gemüse und das Obst nach Hause fahren können, und Caroline konnte es, wenn sie die Augen schloß, vor sich sehen, den grünen Anhänger, auf dem in kleinen Strohkörbchen die Erdbeeren rot leuchteten, die sie zu Hause sorgfältig zu einer hohen Pyramide auftürmten.

Wenn sie jetzt dran dachte, wunderte sie sich, wie vollständig ihr Vater verschwunden war in jener Zeit, er hatte seine Goldfische noch beschützt, Mutter hatte ihm einen Liegestuhl geschenkt, er lag dicht daneben, den Kopf zu dem schwarzen Wasser hingewandt, in dem man manchmal einen goldenen Rücken sah. Sie sollten alle willkommen sein, hatte Mutter ihm gesagt, sie hatte geleuchtet, traurig und glücklich zugleich, so kam es Caroline im Nachhinein vor, und gelacht hatte sie, vielleicht mehr als vorher, oder

man hörte es auf dem Acker besser als im Haus, es klang weiter, über die Felder, fast bis zum Wald.
Dann fing das Rollband an zu laufen.
Caroline stellte sich auf die Zehenspitzen, um zu sehen, ob die ersten Koffer kamen, das Band drehte aber leer seine Kreise, bloß ein kleines Täschchen drehte sich mit, ein Kind hatte es darauf gelegt, folgte ihm jubelnd. Es war auf einmal still, die Wartenden blickten alle zu dem leeren Band und zu dem Kind, es war ein schmaler, blonder Junge, er rannte immer schneller, er schrie jetzt, und seine Stimme überschlug sich schier, dann rutschte er aus.
Sie war gleich bei ihm. Er lag ganz ruhig. Sie schaute sich um, wo seine Mutter bliebe. Er richtete sich vorsichtig auf, wie träumend.
Mama?
Kommt gleich, sagte Caroline und schaute sich wieder unruhig um.
Er setzte sich hin, ohne zu weinen. Dann faßte er sich an den Kopf. Die Koffer kommen heute nicht mehr, sagte er, weißt du das? Die sind aus dem Flugzeug herausgefallen.
Ist nicht dein Ernst, sagte Caroline empört und hockte sich neben ihn. Wieso sind die Koffer rausgefallen?
Es war für die Flugengel, erklärte er. Sie haben nichts anzuziehen. Er zog die Schultern hoch und sah sie schüchtern an. Weißt du, sie waren nackig, ich hab sie gesehen. Caroline nickte. Dann sagte sie vorsichtig: Aber vielleicht haben sie sich nur aus den Koffern genommen, was sie dringend brauchten, und die anderen haben sie jetzt gerade doch noch hierher geflogen, damit wir nicht umsonst warten, guck doch mal! Da kommen Koffer!

Der Junge stand auf, seine kleine Hand umklammerte ihren Arm, es gab ihr einen Stich. Die Hand war ein bißchen gebräunt, die Knöchel waren fast weiß.
Schau mal, da ist sogar unser Koffer! Der Junge winkte. Siehst du? Der Koffer, der so rot ist wie eine Erdbeere!
Eine Frau rannte vor, sie suchte, sah aber nicht ängstlich aus. Dann sah sie den Jungen und strahlte, Jonathan! rief sie. Ich habe Papa erreicht, er holt uns gleich ab.
Mama, sagte der Junge, die Engel haben die Kleider wiedergebracht, schau doch, das hat die Frau eben gesagt, und dann sind die Koffer gekommen.

Ihr Koffer war schwarz. Es kam ihr vor, als wäre er schwerer geworden.
Jonathan drehte sich um und winkte noch einmal, und seine Mutter winkte auch.
Caroline ging sehr langsam, die Ungeduld war ihr vergangen, sie merkte, wie die Zeit sich gegen sie verschoben hatte, es war ja mitten in der Nacht. Jetzt war sie müde.
Durch die Hallen kam ihr der Weg weit vor, bei ihrer ersten Rückkehr hatte Hilde sie abgeholt, wie im Triumph waren beide vom Flughafen mit dem Auto losgefahren, so als markierte diese Rückkehr den Anfang von allem neuen Leben, sie hatte das Radio laut gestellt, Mutter hatte sich eine Zigarette angezündet, Caroline war erstaunt gewesen, ihre Mutter rauchte fast nie, sie hatte aber den Rauch in Ringen aus dem Fenster geblasen und sich über Carolines Erstaunen gefreut. Und dann waren sie nicht gleich nach Hause gefahren, sondern hatten am Acker angehalten.
Es war schon gegen Abend gewesen. Die Sonne war unter-

gegangen, sie war hinter die schwarze Linie des Waldes gesunken und dabei größer geworden, dann wurde es schnell dämmerig, Caroline hatte sich nicht getraut, ihre Mutter nach Hause zu drängen, obwohl sie selber ungeduldig war, Anton und ihren Vater zu sehen.
Anton aber war nicht gekommen.

Der Verfall war innerhalb von drei Wochen rasch vorangeschritten, die Krankheit hatte nur auf den richtigen Zeitpunkt gewartet, um mit aller Vehemenz auszubrechen, schien es Anton, oder es war eine Sommergrippe, eine Schwäche, die alles so viel schlimmer werden ließ. Anton fuhr für einen Abend zu seinen Eltern, nachdem sein Vater ihn angerufen hatte in Sorge, Anton solle seine Mutter untersuchen, er hatte das abgelehnt, aber abends war er in den Zug gestiegen und gekommen. Beide waren überrascht gewesen, ihn so unvermutet vor der Haustür zu sehen, am nächsten Morgen begrüßte seine Mutter ihn höflich beim Frühstück, sie blieb zurückhaltend. Er mußte, um pünktlich in der Praxis zu sein, den zweiten Zug nehmen.
Beim Abschied zögerte seine Mutter.
Wissen Sie, sagte sie schließlich, heute kommt meine Tochter, sie wird mir helfen.
Mutter! wehrte sich Anton.
Sie schaute auf die Seite, als spräche er nicht mit ihr. Dann lachte sie verlegen und streckte die Hand aus, als wollte sie sein Gesicht streicheln.
Er hatte Caroline gesagt, wenn sie wolle, könne er sie in Wolfsburg treffen. Es war ein halbherziges Angebot gewesen, sie hatte es nicht angenommen, auch nicht ihren An-

kunftstag mitgeteilt. Jetzt war, dachte er, als er zusah, wie die Hand seiner Mutter sich wieder entfernte, sie an der Reihe sich zu sorgen.
Sie kommt heute, sagte er, Caroline kommt heute an.

Zum ersten Mal, sagte er Lydia steif, ziehe er es vor, dem auszuweichen, was doch auf ihn zukommen werde, bald genug; er war unruhig, das Geräusch in seinen Ohren beunruhigte ihn, er fühlte sich gehetzt, es war kaum vorstellbar, daß er vor ein paar Monaten noch zuviel Zeit gehabt hatte. Bis ich dich kennengelernt habe, sagte er Lydia in einem Moment der Achtlosigkeit, sie blieb stumm und schaute ihn erschrocken an.
Entschuldige, sagte er. Willst du Caroline kennenlernen?
Lydia zögerte. Dann lachte sie und fragte: Wird sie mich mögen?
Anton nickte. Sie wird dich mögen, mein Vater sowieso, meine Mutter wird dich lieben wie ihre eigene Tochter, sie wartet so sehr darauf, daß ich nicht mehr alleine bin.
Er schwieg, dann fügte er hinzu: Wenn ich mir vorstelle, daß Caroline heute angekommen ist und nach Calberlah fährt, dann ist das Verrückte, daß ich Angst habe, ich könnte sie nicht wiedererkennen. Wir haben uns seit drei Jahren nicht gesehen. Wahrscheinlich hat sie sich verändert. Vielleicht ist sie ganz fremd geworden. Gestern kam eine Patientin und war empört, weil ich mich nicht an sie erinnert habe. Und Alix hat mir gestern gesagt, daß ich eine Verabredung mit ihren Eltern vergessen habe.
Wahrscheinlich hast du Alzheimer? fragte Lydia freundlich.

Schon gut, sagte Anton. Wahrscheinlich versuche ich, meine Mutter zu verteidigen. Falls sie Caroline nicht wiedererkennt …

So weit ist es noch nicht, oder?

Noch nicht, sagte Anton. Ich habe aber Angst.

Was ist mit Alix' Eltern? fragte Lydia.

Heinrich nimmt sich den Mord in dem Restaurant so zu Herzen. Und Clara hat behauptet, er werde bald sterben.

Wie charmant.

Clara war noch nie charmant. Sie ist bezaubernd.

Ich gehe morgen mit Alix essen, sagte Lydia.

Anton schwieg. Alix hat es gut, sagte er dann.

Er lag neben ihr, glücklich, ihren Atem zu hören und nicht alleine zu sein. Mir ist kalt, wollte er sagen, aber er wußte, sobald sie aufwachte, würde sie erschrecken, weil es schon nach zehn Uhr war, und sie würde nach Hause eilen. Fröstelnd rollte er sich zusammen.

Am nächsten Morgen stellte sich heraus, daß Rachel krank war und zu Hause bleiben mußte; Alix löste um zehn Uhr Lydia, die keinen Babysitter fand, ab, und obwohl die beiden, Rachel und Alix, sich zum ersten Mal sahen, verbrachten sie einen vergnügten Vormittag miteinander.

Alix hatte zwei Bücher von Bernd mitgebracht und ein Puzzle, und nachdem Rachel die Teile zusammengefügt hatte, machte sie alles wieder kaputt und fing von vorne an und so fort, mit Mühe konnte Alix sie zum Essen und Schlafen überreden, und Rachel bestand darauf, daß Alix, so wie ihre Mutter am Wochenende, mit ihr auf dem großen Bett schlafe, Rücken an Rücken. Und Alix schlief ein.

So fand Lydia die beiden, sie schlich ins Wohnzimmer und rief Anton an. Stell dir vor, sagte sie, fröhlich, wie er sie selten gehört hatte.
Ihm gab es einen Stich, daß Alix ihn überholt hatte. Alix hat es gut, sagte er zum zweiten Mal, aber Lydia lachte nur. Du auch, ich hole dich nämlich gleich zum Mittagessen ab!

Ich wollte über die Angst etwas schreiben, sagte er zu Bernd am Nachmittag. Habe ich dir das erzählt? Ich wollte ein Buch schreiben.
Natürlich hast du mir das erzählt. Und?
Caroline ist gekommen, ich habe sie nicht abgeholt.
Was hat das damit zu tun?
Ich hatte Angst, ich würde sie nicht erkennen, sagte Anton und lachte nervös.
Bernd schüttelte den Kopf. Was für eine Idee! Deine Mutter hat Alzheimer, nicht du.
Ja, ich habe nur Tinnitus.
Seit wann denn das?
Keine Ahnung. Woher soll ich wissen, seit wann es die Geräusche, die ich höre, nicht gibt?
Und Lydia?
Eben, sagte Anton. Lydia. Und Rachel.

Es war leicht, Martin zu entdecken, er stand, unvollständig verborgen, zwischen einem kleinen Lieferwagen und seinem eigenen alten BMW und schaute hinauf zu dem Haus, in dem mutmaßlich Antons Praxis untergebracht war.
In Rüdiger schoß nackter Zorn auf, er mußte stehenbleiben, um sich zu beruhigen, es war, als könnte ihm Martin sein

Leben stehlen, als könnte ungültig werden, was sie doch verbunden hatte, so stark, hatte sich Rüdiger einbilden wollen, daß nichts daran zu rütteln vermochte. Die Farben sahen anders aus, Martins Gesicht war gelblich wie das eines Kranken, Rüdiger trat näher, Martins Gesicht war wie schamlos entblößt, Hilflosigkeit war darin, etwas Zärtliches. Noch einen Schritt näherte sich Rüdiger. Martin hörte ihn nicht und rührte sich nicht.

Dieses kleine ältliche Gesicht. Es ähnelte dem Gesicht seiner Mutter, sah Rüdiger plötzlich, Martin glich seiner eigenen Mutter, er wandte den Kopf, sein Blick streifte fast Rüdiger, voller Sorge und Bangnis. Dann starrte er wieder zu Antons Fenstern hinauf.

Wenn du dich noch mal hier rumtreibst! Rüdigers Stimme war schärfer als er sich vorgestellt hatte, und Martin fuhr herum, starrte ihn entsetzt an.

Es war die erste Drohung, die er je ausgesprochen hatte, er hatte Drohungen nie gebraucht, damit hatte er geprahlt, und nur Martin hatte ihn ausgelacht, keine Drohungen, natürlich nicht, wenn man die Leute gleich zusammenschlug, die einem nicht paßten, brauchte man nicht mehr zu drohen, und wie es ihm denn so ginge, wenn er seine Strafe absitze, etwas außerhalb des Camps, in dem kleinen Erdloch, das sie eigens dafür gruben, grinsend, hämisch, es wurde mit ein paar Brettern und Stacheldraht befestigt, Schützengraben nannten sie es, jeden Abend wurde jemand abgeordnet, einen Becher mit Wasser zu bringen. Es war gegen Ende ihrer Zeit bei der Legion gewesen, schon auf dem absteigenden Ast, wie Rüdiger sagte.

Sie waren im Kongo gewesen, als sie entlassen wurden. Die

Flüchtlinge aus Ruanda hatten sie gesehen. Erst war es eine Abwechslung gewesen. Sie sollten ein paar von den Mördern aus den Flüchtlingscamps holen. Dann schickte man sie beide nach Frankreich. Rüdiger quittierte sofort.

Sie waren nach Siegen gefahren, überquerten mit ihren französischen Pässen die Grenze, es kontrollierte keiner, sie fuhren über Köln, Rüdiger hatte sich die Haare wachsen lassen, für den nächsten Job würde er sie wieder abscheren.

Wer ist eigentlich auf deine Lebensversicherung eingetragen? Wo warst du, in Afrika? Kannst ja wieder zurück, oder? Dein kleiner Freund ist auch dabei, wollt ihr uns zur Hochzeit einladen? Wißt ihr was, wir mögen eigentlich keine – da hatte Rüdiger in die Decke geschossen. Es war keine Verzweiflung. Es war ein Lärm gegen einen anderen, und sie waren gegangen, wie sie gekommen waren, sie hatten vor Martins Elternhaus gestanden, Rüdiger war fluchend mitgegangen, er hatte auf dem Sofa geschlafen, aus dem Nebenzimmer hatte er Martins Vater schnarchen hören, und am nächsten Morgen war Martin losgelaufen, er wollte ein Auto kaufen.

Und er hatte seine Mutter getroffen. Aber das war später gewesen, davon hatte er Rüdiger erst später erzählt. Ihre Pension hatten sie noch nicht gebraucht, es gab mehr als genug Jobs.

Etwas mußte aber anfangen. Sie lebten, und etwas mußte anfangen, wenn das Leben nicht aufhörte.

Als sie im Irak waren, war es plötzlich nicht mehr Rüdiger, es war Martin, der ausrastete, er hatte geschossen, wo es ihm paßte, er nahm auf nichts mehr Rücksicht. Man hatte ihn rausgeschmissen, dann noch einmal für Afghanistan enga-

giert, und Rüdiger war mitgegangen. Das muß man erst mal bringen, hatte er ihm gesagt. Bist du total bescheuert?
Sie bekamen immerhin ein gepanzertes Auto und etwas mehr Geld, sie machten aber den gleichen Job wie die Gurkas, nur daß die Gurkas billiger waren. Martin fand sie lustig. Die sind auch nicht größer als ich, sagte er Rüdiger. Er fühlte sich wohl.
Es war leicht, ihn ausfindig zu machen.
Der Stress, hatte Rüdiger zu Lydia gesagt, ist bei uns immer schnell. Das Problem beginnt, wenn der Stress langsam wird, wenn nichts passiert. Das ist das Problem. Wenn es lange dauert.
Martin starrte ihn noch immer an.
Wenn es lange dauert, hatte er Lydia gesagt, verlieren wir die Nerven.
Martins Gesicht sah jetzt müde aus, das Gesicht eines Kindes, das darauf wartet, endlich abgeholt zu werden.
Er erschrak nicht, als Rüdiger auf ihn zukam.
Du läßt sie in Ruhe, hast du begriffen?
Martin rührte sich nicht, auch nicht, als Rüdiger ihn am Arm packte, eine junge Frau schaute zu ihnen und wechselte schnell auf die andere Straßenseite.
Sie standen nebeneinander. Jedem sein eigenes Vergessen, jedem sein eigenes Gedächtnis, dachte Rüdiger.
Er ließ Martin los. Martin rieb sich den Arm.
Wenn du ihnen noch mal in die Quere kommst, haue ich dich zu Brei, kapiert?
Martin schwieg. Sie rückten dicht aneinander, mir fehlt die Hitze manchmal, sagte Rüdiger, ich habe sie so gehaßt, aber mir fehlt diese verdammte Hitze.

Martin schwieg noch immer.
Was willst du? fragte Rüdiger. Was willst du von ihm?
Sie schauten über die Straße. Die gelbe Fassade des Mietshauses, in dem Anton seine Praxis hatte, war abgebröckelt. Unten vor dem Laden standen zwei Halbwüchsige, als warteten sie auch auf etwas. Der Verkehr in der Wiener Straße war ruhig, ein Krankenwagen fuhr mit Blaulicht, aber ohne Sirene vorbei.
Es regnet nicht, sagte Martin, seit einer Woche hat es nicht geregnet.
Na und?
Die Erdbeeren, sagte Martin, sie vertrocknen, wenn man sie nicht gießt.
Was für Erdbeeren?
Die Erdbeeren von Antons Mutter. Sie vergißt alles. Sie vergißt sogar ihren Sohn. Sie hat mir gesagt, daß sie eine Tochter hat. Aber Anton ist Ihr Sohn, habe ich zu ihr gesagt, Sie waren doch mit ihm essen.
Und?
Sie schaut dich bloß an, weißt du? Sie schaut dich an und denkt nach. In ihrem Kopf ist alles dunkel.
Was geht dich das an?
Martin zuckte mit den Achseln. Weiß nicht. Wenn wir sterben, ist alles weg, klar. Aber sie lebt. Und egal, was ihr passiert in ihrem Leben, sie erinnert sich nicht mehr daran. Die Erdbeeren, hat sie gesagt, die Erdbeeren liebe ich am meisten. Wahrscheinlich vergißt sie, den Erdbeeren Wasser zu geben. Weißt du, sie schickt ihrem Sohn immer Marmelade. Dann vertrocknen sie, die Erdbeeren. Wahnsinn, oder? Und wenn es ihr wieder einfällt, ist es zu spät.

Martin grinste verlegen und hob den Kopf zu Rüdiger. Kannst du dir das vorstellen? Daß deine Mutter dir immer Marmelade schickt? Ich dachte immer, es liegt daran, daß wir so lange weg waren, daß man sich nicht mehr zurechtfindet und so.
Sie sahen, wie Nuray und Anton aus der Tür traten und sich umarmten, ein Auto hielt, es war der rote Opel von Lydia, Anton stieg ein.
Komm, sagte Martin.
Rüdiger starrte ihn einen Moment verständnislos an.
Ich weiß, sagte Martin entschuldigend, komm bitte.
Du bist übergeschnappt. Rüdiger stieg ein.
An einer Ampel standen sie, sahen, wie der rote Opel Lydias sich entfernte. Martins Hände auf dem Lenkrad zitterten.
Ist ja gut, sagte Rüdiger. Wir holen sie schon wieder ein. Wohin fahren die?
Nach Calberlah, sagte Martin.

Helmer hatte gegossen. Er fuhr jeden Abend raus, wenn es nicht regnete. Eigentlich hielt er Ausschau nach Hilde, sie kannten sich so lange, und die Erdbeeren brauchten Wasser. Wilhelm Weber sah er zuweilen in der Stadt, aber Hilde ließ sich nicht blicken, er wußte nicht, ob das so schnell ging mit ihrer Krankheit, vielleicht war es auch gar nicht Alzheimer, sondern ein Tumor, die Leute erkannten einen nicht mehr, es war gruselig, wie man sich früher vorgestellt hatte, daß man in der Geisterbahn erschrecken würde, er war allerdings nie drin gewesen, das waren kleine Wagen, in die man sich hineinsetzte, dann ging die Fahrt los, ins Dunkle, eigentlich erzählte nie jemand, was darin passierte, nicht einmal, ob er wirklich Angst gehabt hatte oder nicht, und so kam es Helmer vor, daß die Leute mit aufgeregten und sogar geheimnisvollen Gesichtern herauskamen, und das war es dann gewesen, man erfuhr nichts Genaues.

In der Zeitung hatte er von einem Mord in Berlin gelesen, fünf Leute waren erschossen oder erstochen worden, ein Kind auch, und keiner wußte, warum, das ging ihn nichts an, er aß nie im Restaurant, auch nicht in Calberlah, jetzt erst recht nicht mehr, und dann hatte er im Wartezimmer eine Nummer des Focus in der Hand gehabt, in der Fotos waren, die Leute, die auf dem Boden lagen, und Fotos von den Polizisten, die in weißen Anzügen wie Mondmenschen aussahen, um das Heft hatte es dann einen Skandal gegeben, weil die Fotos nicht hätten abgedruckt werden dürfen, und Helmer fragte sich, ob in der Geisterbahn tatsächlich Menschen versteckt darauf gewartet hatten, die Leute in den Wägelchen zu erschrecken. Die Fotos waren ihm auch lange nicht aus dem Kopf gegangen. Ein paar Sachen gerieten so leise aus den Fugen. Und er hatte Martin Pfälzer nach Jahren wieder getroffen. Ihm war die Frau an Krebs gestorben, in kürzester Zeit, und Gelbert hatte nach Hilde gefragt. Daß Wilhelm noch lebe, hatte Helmer geantwortet, als wäre damit genug gesagt. Von Hilde hatte er nicht gesprochen, daß sie komisch wurde, es wurde so viel erzählt, und dann wieder erfuhren die Leute das meiste eh nicht, wunderten sich auch gar nicht darüber, wie sollte man sich wundern, wenn man nichts ahnte?

Hilde hatte ihm auch gefallen. Sie war das hübscheste Mädchen gewesen, er hatte ihre braunen Beine und ihre immer weißen Turnschuhe im Sommer jeden Tag gesehen, weil sie

Tennis spielte, er war eigens deswegen am Tennisplatz vorbeigelaufen, und er hatte sich nie um sie bemüht, weil er dachte, daß sie keinen Bauern nehmen würde.
Aber sie hatte sich in Martin Pfälzer verliebt.
Es gab ihm einen Stich, als er Caroline sah, sie war anscheinend aus Amerika zu Besuch gekommen, sie trug weiße Turnschuhe und einen komischen karierten Rock, sie bemerkte ihn gar nicht, ihre Beine waren noch länger als die ihrer Mutter. Ihr Haar leuchtete heller als das Hildes, aber in ihrem Gesicht war etwas Unruhiges, das ihm nicht gefiel, sie sah auch älter aus, als sie in Wirklichkeit war. Am Ende, dachte Helmer, war es leichter, sich alleine zurechtzufinden, als die Kinder kommen zu sehen, in ihren Mienen schon die Absicht aufzubrechen deutlich lesbar; er wollte Caroline zurufen, doch er wußte nicht, ob es noch passend war, sie beim Vornamen zu rufen. Nach dem, was Hilde angedeutet hatte, war nichts besonderes aus ihr geworden, es war sogar unklar, ob sie überhaupt einen Beruf hatte. Geld verdienten die Leute ja auch ohne einen Beruf. Und sogar er war nicht mehr, was er gelernt hatte, nämlich Landwirt und Bauer. Die Gärtnerei war mehr so eine Flunkerei, hatte er oft gedacht, so obenhin die Blumen und ein paar Obstbäume, übertrieben, das Baumschule zu nennen, er hatte ja seiner Mutter geholfen, was man später lernte, kam so dazu. Also Caroline. Er rief sie aber trotzdem nicht, über die Straße, in aller Öffentlichkeit, und dann erinnerte sie sich vielleicht gar nicht an ihn, schaute ihn bloß an, von so weit weg, wie sie weggegangen war.
Es war schon ziemlich warm für Anfang Juni, eigentlich zu warm. Sicher würde ihnen jetzt einfallen, daß sie zum

Acker hinausfahren sollten, jetzt, wo Caroline da war, und wahrscheinlich würde der Junge auch zu Besuch kommen. Helmer erinnerte sich gut, wie sie früher mit ihren Fahrrädern fast jeden Abend rausgekommen waren, hinter den Gärten waren noch Äcker gewesen, von Schulzes, er hatte sie eine Zeitlang gepachtet, als er geglaubt hatte, mit der Viehwirtschaft durchzukommen, alles hatte er daran gesetzt, obwohl er wußte, daß er kaum eine Frau finden würde, bei so einer Plackerei, und er hatte sie mit Neid gesehen, eine richtige Familie, selber hätte er gerne drei oder vier Kinder gehabt, und Hilde war sicher eine gute Mutter, sie lachte oft, er hörte sie, wenn er den Trecker ausmachte.

Man sah nicht voraus, wie die Sache lief, auf einmal war endgültig erledigt, was man sich vorgestellt hatte. Und dann war so viel Zeit vergangen, daß es nicht einmal mehr darauf ankam. Ist nun auch mal abgetan, wie sein Vater gesagt hatte. Die Jungen waren jetzt auch schon nicht mehr jung. Wenn Hilde Enkel gehabt hätte, würde ihr Verstand besser halten, da war Helmer sich sicher.

Auf dem Acker würde er sie sicher alle treffen, dann könnte er Caroline doch noch guten Tag sagen. Und die Erdbeeren waren fast reif. Er staunte selber, wenn er die kräftigen Pflanzen und die schönen Früchte sah. So spät eingepflanzt, eigentlich nur, um Anton einen Gefallen zu tun und Hilde eine Freude zu machen. Er hatte das gar nicht ernst genommen. Aber jetzt stand alles zum Besten. Sie mußten nur daran denken, beizeiten Stroh auszulegen.

Ohne nachzudenken, hatte Rüdiger im Auto gesucht, ob es eine Schußwaffe gab. Er fand sie unter seinem Sitz, Martin hatte ihn aus den Augenwinkeln beobachtet. Der rote Opel war gut zu sehen, Lydia fuhr sicher, aber nicht sehr schnell, sie hatte das Kind im Auto. Man konnte deutlich sehen, wie Anton sich immer wieder zu Rachel umdrehte.

Ein Motorradfahrer überholte knapp.

Sie fuhren auf die Autobahn, Rüdiger saß noch immer angespannt da und starrte nach vorne.

He, sagte Martin, krieg dich wieder ein!

Schau dir das an, erwiderte Rüdiger. Die heilige Familie.

Er spielte mit der Pistole.

Sie hatten nie herumgeballert, wie viele es taten, aus Angst, aus Lust, weil die Langeweile sonst nicht zu ertragen war, die Langeweile der endlosen Wachen, die Langeweile des Mißtrauens, des Hasses schließlich. Die Langeweile, die sie ertragen hatten, weil alle anderen es auch taten und weil der Nervenkitzel nachließ. Der Tod ist so in etwa die Tortenspitze drumherum, hatte Rüdiger einmal zu Lydia gesagt, sie hatte es abgetan als eine von seinen zynischen Bemerkungen, nicht intelligent genug, um darüber lange nachzudenken, weißes, gestanztes Papier, ein Rand, der leicht zerriß, wenn man nicht vorsichtig war, billige Verzierung und Dutzendware. Aber bloß so auf einen runden Teller gesetzt sah ein Kuchen unvollständig aus, und Rüdiger atmete vorsichtig, als müßte er etwas tun, damit sein Leben nicht ein anderes zerstörte.

Rüdiger sah undeutlich die Köpfe vor ihm, die zwei Erwachsenen, ein Stück des Kindersitzes, in dem Rachel angeschnallt war, damit ihr nichts passieren sollte bei einem Unfall, Lydia war eine verantwortungsbewußte Mutter, sie machte, was alle machten, sie kaufte Kindersitze und warme

Kleider und wahrscheinlich Medikamente, sie hatte abgelehnt, daß er ihr Geld gab, sie hatte nie etwas von ihm angenommen, er hatte nicht darauf bestanden, sie fuhren aus Berlin heraus, überall war warmer Frühsommer, das Laub der Bäume leuchtete hell, überall herrschte der freundlichste Zusammenhang, dachte er, aus dem sie ausgeschlossen waren, sie hatten sich selbst ausgeschlossen, und als er wieder zu Martin schaute, fand er ihn blaß, seine Hände umklammerten das Steuerrad. Daß sie einander ebenso gut erschießen könnten, fuhr ihm durch den Kopf, er grinste Martin an, der verbissen nach vorn schaute.
Hast du was Besseres vor? fragte Martin.
Rüdiger schüttelte den Kopf und schaute wieder zu dem Auto vor ihnen. Anscheinend reichte Anton etwas nach hinten zu Rachel.
So eine verdammte Scheiße, sagte Rüdiger.

Es gab Morgen, da sie aufwachte und sofort ans Fenster ging, sie merkte nicht einmal, daß sie die Decke zurückschlug, sie stand auf und ging ans Fenster, es waren Tage, die unbeschwert vergingen, von Anfang an, Tage, an denen sie sich an Mißgeschicke erinnerte wie an etwas, das nun zurücklag.
Caroline schlief in ihrem Bett zwei Zimmer weiter.
Hilde zog sich an, sie schaute zu ihrer Tochter hinein, sie lag fast ganz unter der Decke wie früher als Kind, das leichte Federbett bewegte sich, dann richtete Caroline sich auf, als hätte sie im Traum ihre Mutter lachen hören, und ihr Gesicht begann zu strahlen.
Hilde winkte ihr zu und lief hinunter in die Küche, sie setzte den Kaffee auf, und während die Kaffeemaschine gluckerte,

holte sie aus der Kammer die Marmeladengläser. Anton würde bestimmt vergessen, ihr welche mitzubringen, meistens hob er sie nicht einmal auf, ich werfe sie in den Glascontainer, erklärte er jedesmal, als sei damit etwas gewonnen, sie hatte sogar schon Marmeladengläser gekauft, für einen Euro fünfzig das Stück, eine groteske Summe, das war diesmal wahrscheinlich nicht nötig.

Es war heute hell, das war die Hauptsache, und Caroline war da. Hilde scheuchte mit der Hand weg, was sich wie eine Mücke auf ihr Gesicht setzen wollte, sie vergaß Dinge. Sie erinnerte sich genau an das Gefühl, im Dunkeln zu suchen, es war da nichts. Rasch nahm sie einen Lappen und wischte den Kaffee auf, den sie verschüttet hatte. Es war, als müßte sie jede Handbewegung noch einmal machen, damit sie nicht verloren ginge. Aber dann war es schon zu spät.

Sie drehte sich um. Auf dem Tisch standen die Marmeladengläser. Mit ihren beiden Kindern wollte sie nach dem Mittagessen auf den Acker gehen. Sie würden die Erdbeeren ernten, nach den vergangenen warmen und den zwei nieseligen Tagen waren sie bestimmt reif. Anton wollte eine Freundin mitbringen, sie würden ein Kind mitbringen. Das Mädchen hieß Rachel. Man müßte einen Ball oder ein anderes Spielzeug mitnehmen. Es würde sein, als hätte sie eine Enkeltochter. Ob Martin wohl Enkel hatte? Sie schaute wieder zum Tisch. Da standen die Gläser. Den großen Topf hatte sie auch schon herausgesucht. Die Gläser mußten auf einer Zeitung stehen. Im Wohnzimmer lagen in einem Korb ausgelesene Zeitungen. Wilhelm bewahrte sie auf, bis Hilde den Korb endlich ausleerte. Sie stritten sich jedes Mal darüber.

Jetzt lagen die Zeitungen bereit. Sie hörte, daß Wilhelm sich rasierte. Er schlief länger als früher. Und es fiel ihr nicht ein, was fehlte.

Sie versuchte sich zu beherrschen. Die Schöpfkelle brauchte sie. Aber als sie in der falschen Schublade suchte, sich umdrehte, um die nächste Schublade zu öffnen, kamen ihr doch die Tränen. Es fehlte.

Bis sie wieder auf die Uhr schaute, war eine Stunde vergangen. Wo war Wilhelm? Sie lauschte nach oben. Sie hatten aufgehört sich zu lieben, danach hatte sie sich gefragt, wann das passiert war und ob sie vorher mit ihm glücklich gewesen war. Er war ihr zu groß. Wenn er zornig war, hatte sie vor ihm Angst gehabt. Leise ging sie zur Treppe, sie schämte sich, ihn zu rufen.

Wenn sie nur aushielt, würden die Kinder bei ihr sein.

Die Erdbeeren waren da gewesen. Letzten Herbst hatte sie die Ableger, wie jedes Jahr, in kleine Töpfe gepflanzt, um sie im Frühjahr auszupflanzen.

Aber dann waren die Erdbeeren nicht da gewesen. Aber dann war Anton gekommen, und die Erdbeeren waren, wie jedes Jahr, auf dem Acker gewesen.

Sie mußte sich sicher sein, es war auch noch Zeit herauszufinden, was sie vergessen hatte. Seltsam war, daß Wilhelm nicht zum Frühstück herunter kam. Die Butter stellte sie wieder in den Kühlschrank zurück.

Und sie erstarrte. Denn sie hatte vergessen, die Erdbeeren mit Stroh vor Fäule und vor den Schnecken zu schützen. Die Schnecken konnten eine ganze Ernte vernichten. Im Garten hatte sie Schnecken gesehen. Aus dem nahe gelegenen Wald erreichten die Nacktschnecken den Acker leicht.

Und im Garten waren Schnecken gewesen. Die Fäule verdarb Erdbeeren. Die Schnecken verdarben die Erdbeeren, sie fraßen große Löcher, die rasch zu faulen begannen. Die Schnecken legten über die Blätter und die Früchte ihre Schleimspuren. Nicht einmal einkochen konnte man die Erdbeeren, wenn sie den Schnecken zum Opfer fielen.
Hilde stellte ihre Kaffeetasse in den Spülstein und wollte aus der Küche in den Garten gehen. Als sie sich an der Tür noch einmal umschaute, sah sie die Gläser dastehen, ihr kamen die Tränen, die Gläser glänzten, ihre nackten Öffnungen schienen sich zu beschweren.
Draußen sah sie sofort auf dem noch taunassen Rasen die Spuren. Die erste Schnecke entdeckte sie auf den Blättern einer Stockrose. Eine zweite kroch eben zu dem Beet mit den schon verblühten Pfingstrosen. Hilde tastete nach ihrer Schürze. Sie mußte noch einmal hineingehen, die Schürze vergaß sie, aber das Messer nahm sie mit. Es war das kleine Küchenmesser, und es war nicht scharf genug. Aber sie schnitt die beiden Schnecken in zwei Hälften. Dann suchte sie weiter.

Er sah auf der Autobahn die Spuren eines Lastwagens, der in die Leitplanke gerast sein mußte, die Spuren sahen noch frisch aus. Wirklich hatte sie der Tod nicht geschreckt, oft waren sie vielleicht zu ausgelaugt gewesen, von der Hitze, der Feuchtigkeit, vom ständigen Schlafmangel, oft hatte es nicht genug zu essen gegeben, wenn sie Essen an irgendwelche Dörfler verteilt hatten, war es eine Frage der Ehre gewesen, nicht den kleinsten Bissen abzuzweigen, sie hatten sich mit ihren Rationen begnügt.

Waren sie satt und ausgeruht, verging ihnen die Unternehmungslust in kürzester Frist, als wäre, was ihnen einfallen konnte, erledigt dadurch, daß es ihnen eingefallen war. Sie selber, nicht ihre Gedanken oder Wünsche waren schal. Sie waren sich nichts wert. Sie hatten so wenig, daß kein Verlust ihnen erschreckend schien. Es kam ihm komisch vor, daß er und Rüdiger noch immer nicht fünfzig waren, daß sie immer noch nicht alt wurden, daß ihnen so viel Zeit blieb, zuviel Zeit. Unseren fünfzigsten Geburtstag feiern wir in Deutschland, hatte Rüdiger befohlen. Er konnte befehlen. Keiner lehnte sich gegen ihn auf, Martin schon gar nicht. Die Sache mit Lydia war der einzige Schwachpunkt, wenigstens für ihn, für Martin. Nie zuvor war einer von ihnen beiden der Sache so nahe gekommen, von der sie irgendwann zu träumen begonnen hatten, nicht als junge Männer, sondern später, nach den ersten Toten, nach den ersten bitteren Enttäuschungen, nachdem sie aufgegeben hatten und trotzdem weiterlebten und trotzdem blieben, wo sie waren; Rüdiger mit seinen Übertreibungen hatte behauptet, sie wären alle zu Heiligen geworden. Es waren nicht Frauen, von denen sie träumten, oder eine Familie mit Kindern, ein Zuhause mit einem Schrank voll frisch gewaschener und gebügelter Kleider, ein Tisch, der jeden Mittag und Abend gedeckt war, es war etwas anderes, nicht Sex, nicht ein weiteres Abenteuer, das ihnen den Ruhm eintrug, von dem sie auch träumten. Es war eine Liebe jenseits der Zerstörung und jenseits all dessen, was sie erlebt hatten, es ähnelte der Stille, wie sie in der Wüste alles überdeckte, jede Angst und jeden Gedanken, die Stille, in der man allenfalls den Wind hörte, das leiseste Rascheln eines Grashalmes oder eines Sandkorns, ein winziges, trockenes Tier, das sein eigenes, verborgenes und irgendwie feierliches Leben lebte. So war es, ein geheimes Leben, von dem die Leute nichts ahnten, etwas, das vollkommen war, danach sehnten sie sich, und Lydia war so gewesen wie diese Stille, die jenseits der Angst lag, in der man unverletzlich war.

Martin hatte sich vorgestellt, daß Rüdiger und Lydia diese Liebenden sein würden, wie Saint-Exupéry sie beschrieb, nebeneinander sitzend auf der Mauer eines Orangenhains und schweigend, er hatte sich vorgestellt, daß sie ein Kind haben würden, er hatte sich sogar ausgemalt, daß er die beiden begleiten würde, nach Marokko, daß sie zu dritt reisen würden, sie könnten Lydia alles zeigen, was sie kannten. In Lydias Gesicht war es zu sehen gewesen, als sie vor dem Café saß, morgens, alleine vor einem Glas Wein, dem Spott preisgegeben, aber keiner wagte zu spotten. In ihrem Gesicht war zu sehen gewesen, daß sie Spott nicht dulden würde, sie würde auch nicht aufgeben, ihre Augen waren voller Zorn und voller Stolz.

Und Martin dachte, daß Rüdiger davon nichts wußte und nichts verstand, von dem Stolz, der einen Menschen zu dem machte, was er war.

Und so war Rüdiger ihrer nicht würdig gewesen. Martin hatte niemals Lydia schuldig gefunden. Lydia brachte ein Kind zur Welt. Er wußte nicht, was Rüdiger ihr hätte sagen müssen, wer er hätte sein müssen. Es machte ihn zornig, daß Anton, der nichts von alldem wußte, von der Angst nichts und der Stille oder davon, wie man in einem Flugzeug saß, nachts, alleine, so, als wäre man Teil des Himmels und Teil der Dunkelheit, es machte Martin zornig, daß er Lydia

haben sollte, er hatte nichts getan, um sie zu verdienen. Aber dann hatte er Antons Mutter gesehen, auf der Treppe des Restaurants sitzend, als sie mit ihm gesprochen hatte, war etwas in ihrem Gesicht und in ihren Augen gewesen, das Martin nie zuvor gesehen hatte, und er begriff, daß es nichts Besonderes oder Heroisches war, nur eine Verwunderung jenseits des Todes, nur noch ein paar dünne Fäden, denn sie stand auf und wußte nicht, wohin sie ging, sie erinnerte sich und verlor, was sie eben noch gewußt hatte, sie lachte plötzlich, es war so ein helles und fröhliches Lachen gewesen, wie er es nie gehört hatte. Es war, als würde sie die Toten sehen, sagte er unvermittelt zu Rüdiger, aber Rüdiger saß neben ihm, blaß und angespannt, und hörte nicht zu.
Sie war aufgeregt gewesen, aber er, Martin, hatte sie beruhigt und getröstet, und sie war eine ältere Frau, die noch immer hübsch war, sie war neben ihm ruhig und zutraulich geworden, sogar glücklich, als sie nebeneinander bis zum Stadtrand gegangen waren. Vielleicht hatte er mehr an sie gedacht seither als an Lydia. Und wie besorgt sie gewesen war wegen der Erdbeeren, ob alles gut werden würde mit den Erdbeeren, und ob sie für ihren Sohn die Marmelade machen könnte, von seinem Vorschlag, die Erdbeeren doch einfach im Supermarkt zu kaufen, hatte sie nichts wissen wollen. Sie hatte versucht ihm zu erklären, warum das nicht ging, es war wirr gewesen, was sie gesagt hatte, aber schließlich hatte er begriffen. Irgendwo fing es an, irgendwo hörte es auf, es war nie leicht zu sagen, wo und warum, und seinetwegen konnten es auch die Erdbeeren sein, rot, die eingekochten Erdbeeren, und wie süß sie waren, wenn man sie nur reif werden ließ, ohne Ungeduld, wie sie dufteten, das

hatte Antons Mutter ihm erklären wollen, als könnte sie etwas beweisen, daß man alles verlor oder eben gerade nicht, er wußte auch nicht, wie er das erklären sollte. Es würde, hatte sie gesagt, das letzte sein, das sie für ihren Sohn tat, und sie wußte, es war das letzte Mal, in diesem Sommer. Wahrscheinlich hatte sie recht, ihr Kopf war in Unordnung gewesen, nicht nur wegen des Streites mit ihrem Sohn, der sie gegängelt hatte, der ihren Stolz verletzt hatte, sie erzählte es Martin wie einem Kind, unglücklich und unschuldig und aufgebracht, in Brocken, weil sie schluchzte, doch hatte sie kurze Zeit später den Streit ganz vergessen, sie waren an den Stadtrand gelaufen, nebeneinander her, Antons Mutter hatte sich bei ihm eingehängt, sie waren gleich groß. Als sie den Acker erreicht hatten, schaute sie ihn voller Liebe an, es war, als würde sie ihn verwechseln, als würde man in einen sehr dunklen Schacht schauen, unter die Erde, am Ende sah man dann trotzdem etwas, Martin wurde aufgeregt, wenn er daran dachte, er sagte zu Rüdiger: Das ist die Seele!
Was? sagte Rüdiger.
Rechts überholte ein Lastwagen, er beschleunigte und zog auf die mittlere Spur, so daß sie Lydias roten Opel nicht mehr sehen konnten. Verdammt, sagte Rüdiger, was macht dieser Idiot. Er lehnte sich nach vorne. Hör mal, fahr schneller, kannst du nicht überholen?
Sie hatten die letzten Vororte längst hinter sich gelassen und fuhren durch eine weite und flache Landschaft. Martin trat gehorsam aufs Gas. Das Auto schoß auf die linke Spur, setzte sich neben den Lastwagen, der dem Opel fast an der Stoßstange hing, man sah, er konnte nicht schneller, Martin bildete sich ein, etwas zu hören, und wirklich, Lydia hupte,

sie hielt die Hupe gedrückt, es war ein verzweifeltes Geräusch, Rüdiger saß bewegungslos, dann befahl er Martin, dräng' dieses Arschloch von der Spur, hol diesen Kerl von der Straße runter!
Der Lastwagenfahrer hupte jetzt ebenfalls, Martin sah, wie er gestikulierte, Rüdiger ließ das Fenster herunter, er streckte die Pistole aus dem Fenster und zielte.
Bist du verrückt geworden?
Der Knall war lauter als das Aufheulen des Motors, Martin hatte das Gas durchgetreten, sein alter BMW schoß davon, aber er verlor die Spur, schlingerte, obwohl doch Martin besonnen blieb, das Auto selbst, die Materie gehorchte nicht, und in falscher, gerader Spur rammte der Wagen die Leitplanke, prallte ab, schlitterte noch ein Stück und kam zum Stehen. Der Lastwagen, der rote Opel fuhren außer Sicht.
Es war ihnen beiden nichts zugestoßen. Sie saßen stumm nebeneinander, als warteten sie auf einen Befehl. Endlich stellte Martin den Motor ab. Autos, die vorbeirasten, hupten.
Bist du bekloppt, schnauzte Rüdiger, wir müssen auf den Seitenstreifen.
Martin wies schweigend nach vorne, in dem Moment war kein Auto zu sehen. Dann sagte er: Wir können weiterfahren.

Wie sie aus dem Wald und sogar aus den umliegenden Gärten sich näherten, die nackten, roten Körper, schleimig glänzend, sie zogen sich und streckten sich rhythmisch und ohne Unterlaß, der Duft war es, der sie anlockte, auch von

fern her, sie fraßen systematisch die Früchte an, eine nach der anderen.
Es dauerte nicht länger als zwei Tage, bis fast alle Früchte offene Stellen hatten, die zu faulen begannen.

Caroline hatte so lange geschlafen, aber jetzt kam sie die Treppen heruntergesprungen wie ein junges Mädchen, sie umarmte ihre Mutter, strich ihr etwas aus dem Gesicht, du siehst so besorgt aus, sagte sie, aber da hellte sich die Miene ihrer Mutter schon auf, und sie begann aufgeregt, die Butter abermals aus dem Kühlschrank zu räumen, sie suchte Teller und Messer aus Schrank und Schublade, ging wieder zum Kühlschrank, sie holte ein Ei heraus, soll ich dir ein Ei kochen?
Ein Ei im Glas? fragte Caroline.
Hilde nickte. Eier im Glas hatte es nur an Geburtstagen oder am ersten Ferientag und an Ostern gegeben. Sie setzte Wasser auf.
Anton hat angerufen, seine Freundin holt ihn mit ihrer Tochter von der Praxis ab, sie sind bestimmt schon losgefahren.
Mitten in der Woche?
Er hat eine Vertretung gefunden, hat er mir gesagt, der Mann, der ihn in den Ferien vertritt, außerdem hat er ein schlechtes Gewissen, weil er mich nicht vom Flughafen abgeholt hat.
Der Tisch war aber voller Marmeladengläser.
Mutter, soll ich all die Gläser wegräumen, oder warte, ich schiebe sie einfach ein bißchen zur Seite, dann habe ich genug Platz.
Verwirrt blieb ihre Mutter stehen.

Dann lachte sie hell auf. Die Deckel, das war es! Seit einer Stunde überlege ich, was fehlt, es sind ja bloß die Deckel von den Gläsern!

Für was? fragte Caroline vorsichtig.

Für die Erdbeermarmelade! Heute koche ich Marmelade für euch, wir gehen alle zusammen auf den Acker und ernten die Erdbeeren, stell' dir doch vor, was wäre ein Jahr ohne Erdbeermarmelade!

Caroline erstarrte. Sie nickte, im Glas stak schon ein Löffel, ihr Platz war schon bereit, sie setzte sich und wollte etwas sagen, damit sich ihre Mutter zu ihr setze, sie schien aber weit entfernt und eifrig, sie summte sogar, klapperte mehr als nötig mit Töpfen und Besteck, Caroline sah ihr zu. Das Wasser kochte auf dem Herd, die Eier lagen bereit, ihre Mutter hatte aber vergessen, was sie gewollt hatte, mit einem ärgerlichen Murmeln stellte sie den Topf beiseite, schaltete den Herd wieder aus.

Hast du schon gefrühstückt? Bist du fertig?

Er traute seinen Augen nicht. Es schien, als hätten sich die Schnecken der ganzen Umgebung gleichzeitig auf den Weg gemacht, um den Acker von Hilde Weber, geborene Hübner heimzusuchen, da waren Gartenwegschnecken, Schwarze Schnegel, Spanische Wegschnecken und Ackerschnecken. Er sah, wie von einem Busch eine kleine Schnecke heruntergleitt, die klebrigen glitzrigen Spuren der anderen sah man allenthalben, zielstrebig zu den Früchten hin gezogen. Daß es ein verlorener Kampf war, wußte er, die Erdbeeren waren nicht mehr zu retten, aber das Bild der gierigen, rücksichtslosen Tiere wollte er ihr wenigstens ersparen. In einen Eimer

sammelte er alle Tiere, die er finden konnte, es war Mittag, als er fertig war, am Nachmittag würde Hilde kommen, so hatte ihm Wilhelm gesagt.
Den Eimer, darin ein ekelhaftes Gewimmel, das in ihm Grauen weckte, stellte er, einen Plastikdeckel darauf gelegt, am Birnbaum ab, um ihn später auf seinen Hof zu tragen. Die Tiere krochen übereinander, es hatte etwas Unzüchtiges und Verzweifeltes.
Helmer schaute sich um. Er fühlte sich plötzlich sehr alt. Noch war nicht klar, ob es ein schöner Tag würde. Das Grün leuchtete aber, vor dem dunkleren Wald blühten zwei Wildkirschen, es war so schwer vorstellbar, daß man all das nicht mehr sehen sollte. Wer redete über die Seele? Aber das Widerliche an diesen Tieren war zweifellos, daß sie so wahrnehmungslos waren, auf entsetzliche Weise lebendig und abgeschnitten von allem, was das Leben ausmachte.
Sie fielen, wenn sie nichts anderes fanden, übereinander her, fraßen einander auf. Die angegriffen wurden, zogen sich in sich zusammen. Das war alles. Sie hielten still und sonderten Schleim ab.
Helmer dachte an Hilde. Wahrscheinlich hatte sie Martin längst vergessen. Und vielleicht vergaß sie doch die Erdbeeren.
Er ging, ohne den Eimer mitzunehmen. Als er, fast am Weg, noch eine Schnecke sah, nahm er sein Gartenmesser und zerschnitt sie.

Anton hatte sich zu Rachel umgedreht, als er einen blauen BMW hinter dem aufdringlichen Lastwagen hervorschießen sah, er sah den Mann, der mit einer Waffe auf den Last-

wagen zielte, er sah, wie der BMW schleuderte, dann sah er nichts mehr, weil sie sich zu weit entfernt hatten, Lydia ließ endlich die Hupe los und nahm den Fuß vom Pedal, sie war blaß.
Das Kind hatte sein Gesicht neugierig angeschaut. Dann sagte es: Denkst du dir jetzt eine Geschichte aus?
Es gelang ihm nur mühsam, sich zu beruhigen. Er schaute sich wieder und wieder nach dem BMW um. Der Lastwagen war jetzt auch außer Sicht. Wäre der Wagen statt nach links nach rechts ausgebrochen, hätte er Lydias Auto gerammt. Sie hatte seinen Blick gehalten, ohne ihn zu erwidern, in ihren Augen war etwas konzentriert und tot.
Was für eine Geschichte ist das? fragte Rachel noch einmal, ist das eine Geschichte mit einem Ungeheuer?
Ja, sagte er.
Mit einem, der schwarzen Herzens ist?
Anton schaute sie erstaunt an. Schwarzen Herzens? Dann überlegte er. Ich weiß es nicht, ich weiß nicht, ob er schwarzen Herzens ist. Woher hast du das denn?
Aus der Stiefmutter vom Schneewittchen.
Ja, sagte Anton. Dann ist er vielleicht nicht schwarzen Herzens.
Er war froh, daß sie sich Wolfsburg näherten und daß der BMW nicht wieder auftauchte. Können wir den Straßenbericht einschalten? fragte er.
Was willst du wissen? erwiderte Lydia. Ob es einen Unfall gab?
Er nickte.
Wieder sah er in ihren Augen, was ihm verschlossen bleiben würde, Rüdiger hatte sie sich zugewandt damit. Sie schaute

nach vorne. So würde er niemals berühren, was Rüdiger berührt hatte. Ihm war, als müßte er aufstehen und ein paar Schritte gehen. Sie hatten die Ausfahrt erreicht, als sein Handy klingelte.

All ihre Hoffnung, dachte Caroline und betrachtete die ordentlichen Reihen der Gläser auf dem Tisch.

Noch hatten die Gewohnheiten Bestand, wenn man auch schon sah, wie sie brüchig wurden.

Bring doch die Körbe schon auf den Acker, wenn du mit dem Frühstück fertig bist, bat ihre Mutter, und Caroline war froh über einen Grund, das Haus zu verlassen. Bring doch die Körbe mit dem Auto zum Acker, dann können wir alle zusammen laufen, mit dem kleinen Kind, Wilhelm kann in der Garage nachschauen, ob wir noch das alte Dreirad haben.

Es war nicht weiter als eine halbe Stunde zu Fuß, gerade ein angenehmer Spaziergang nach dem Mittagessen, wenn man nichts tragen mußte; Hilde stand wie eingeschüchtert am Herd. Dann können wir gemeinsam laufen, sagte sie noch einmal, nach dem Mittagessen.

Das Wasser, mittlerweile abgekühlt, stand noch immer auf dem Herd, das leere, saubere Glas vor ihr auf dem Tisch. Hilde räumte ab, das Glas hielt sie einen Augenblick lang in der Hand. Dann stellte sie es in die Spülmaschine.

Sie fand ihren Vater in der Garage, sie durfte nicht helfen, die Körbe in das Auto zu laden, das Dreirad war vor Jahrzehnten verschenkt worden. Vielleicht war es in Zukunft das, was ihre Eltern glücklich machen würde. Erdbeeren. Eine Gewohnheit, die in der Vergangenheit lag und einen winzigen Anteil an der Zukunft hatte. Anton jedenfalls (nach Amerika war es zu weit) würde wie jedes Jahr ein Päckchen mit Erdbeermarmelade bekommen, Wilhelm würde die Gläser sorgfältig in einen Karton packen und jeden Zwischenraum mit Zeitungspapier ausstopfen, Hilde würde einen Bindfaden darum binden, zwei Mal, dann würde Wilhelm das Päckchen zur Post tragen. Er mißtraute der Poststelle, die vor zwei Jahren in einem Kiosk geöffnet hatte.

Er bestand darauf, sie zu begleiten.

Auf dem Acker stellte er die Körbe ab. Ich mag keine Erdbeeren, sagte er unwillig und ging ein paar Schritte wie um zu zeigen, daß er mit all dem nichts zu tun hatte.

Noch immer war der Himmel bewölkt.

Weil es geregnet hatte, sah das Grün der Pflanzen frisch aus, die Früchte leuchteten. Sie waren sehr groß, Caroline bemerkte eine helle Stelle, sie wollte sich eben bücken, als ihr Vater ungeduldig rief: Können wir wieder gehen? Er stand unter dem Birnbaum, ungeduldig trat er gegen einen Eimer, der dort stand, und lief auf das Auto zu.

Sie waren, seit die Kinder das Haus verlassen hatten, nur selten Gastgeber gewesen, Wilhelm hatte nicht gerne Leute im Haus. Aber sie waren herzlich, wenn jemand kam. Die Leute fühlten sich wohl bei ihnen, Caroline war darüber oft erstaunt gewesen, wie wohl sich die Leute fühlten, wenn sie bei ihren Eltern am Tisch saßen, in diesem Eßzimmer, das für sie selbst lange der Inbegriff lächerlichen Bürgertums gewesen war, eines reicher gewordenen Kleinbürgertums, aber die Leute, ihre alten Schulfreunde etwa, waren gerne da

und aßen Hildes Essen, das immer gut war, und immer war es viel. Auch Wilhelm war dann angenehm, nämlich zuvorkommend, sogar zum Lachen aufgelegt, ohne eine Spur unangenehmer Jovialität, und sie war stolz darauf gewesen, so nette, herzliche Eltern zu haben, wie ihre Freunde versicherten, während sie selbst keinen Abend mit ihnen überstand, ohne sich mindestens ein Mal kurz in ihr Zimmer zurückzuziehen und auf dem Bett auszustrecken oder Musik zu hören, irgendein Stück, das ihre Eltern jedenfalls mißbilligt hätten, »Blasé« von Archie Shepp oder etwas Ähnliches.
Rachel sprang aus dem Auto und rannte auf die beiden, die an der Tür standen und nach ihrem Sohn Ausschau hielten, zu, als wüßte sie, mit welcher Freude man ihre Zutraulichkeit erwidern werde, rannte jubelnd und hüpfte vor ihnen auf und ab. Dann war sie dreimal im Kreis um sie herumgelaufen und hatte eine Art Zauberspruch aufgesagt, Caroline, die knapp dahinter stand, hörte es, ohne die wiederkehrenden Wörter zu verstehen. Sie sah das Kind an, es hatte ungewöhnliche Augen. Es trug ein T-Shirt, auf das ein Hasenbaby gedruckt war, vermutlich ein Geschenk zu Ostern. Dann standen sie zu viert nebeneinander und schauten zu Anton und Lydia, die verlegen und glücklich im Garten warteten.
Und keine Eifersucht empfand Caroline, als ihre Mutter plötzlich, aus heiterem Himmel, Lydia umarmte.
Rachel war unterdessen schon mit Wilhelm auf dem Dachboden verschwunden, die beiden kamen zufrieden mit einem kleinen Korb und einem großen Karton herunter, sie stellten ihn ins Wohnzimmer, und bevor das Essen auf dem Tisch stand, war im Wohnzimmer eine Eisenbahn aufge-

baut, während auf dem Sofa der Zoo sich bis zum Fenster hinstreckte, wo die Kakteen auf der Fensterbank den Wüstengarten für Löwen, Zebras und eine Giraffe bildeten. Daß Rachel keinesfalls Fleisch essen wollte, außergewöhnlicherweise, wie ihre Mutter ratlos sagte, war bloß eine winzige Trübung, Rachel saß mit unglücklichem Gesicht vor dem Teller, sogar verzweifelt, der Hase auf ihrem T-Shirt zitterte, als sie versuchte, Fassung zu bewahren, dann brach sie in Tränen aus, nur kurz aber, denn sie beruhigte sich, als ihr Wilhelm beschwichtigend den Teller abnahm, das Fleisch auf seinen eigenen Teller legte. Iß jetzt die Erbsen, später gibt es ja Erdbeeren, sagte er, du wirst sehen, wie gut sie schmecken, wenn du sie dir selber pflückst.

Über- und untereinander geworfen, versuchten sich wie aus einem Knäuel die Körper zu ordnen, strebten auseinander, um erst einmal Platz zu haben, streckten sich, krochen nicht sofort los, sondern verharrten lang. Wenn man die unbewegten Tiere anschaute, schien alles still, als warteten sie auf ein Geräusch, auf einen Ruf, um sich wieder in Bewegung zu setzen.

Laß uns umkehren.
Umkehren? Martin sagte es höhnisch. Wohin denn umkehren?
Wie sie gelernt hatten, daß es niemals einen Ort gab, an den sie zurückkehren könnten, als sei nichts geschehen. Die Niederlage schloß die Rückkehr aus, und jeder blieb für sich, vielleicht war die Einsamkeit am schwersten zu ertragen. Und die Einsamkeit war überall. Man konnte versuchen

abzuhauen. Man konnte einen Unfall vortäuschen. Man konnte so tun, als wäre nichts geschehen. Die Brüllerei der Vorgesetzten ertragen, die Sticheleien. Die ewigen Geschichten der Deserteure, die ihr Heil in der Konversion und in der Wüste gesucht hatten, bei den Berbern. Es gab einen Heroismus des Endes. Männer, die an der Seite der Berber gegen die Franzosen gekämpft hatten, sie wurden lächerlich gemacht, aber sie waren die wirklichen Helden. Und auch dieser Weg war ihnen verschlossen. Sie würden nicht zu den Taliban überlaufen. Sie würden nicht in einem Camp die Kämpfer für Al Quaida ausbilden. Lächerlich waren sie schon längst, komische ausrangierte Deppen, wie Martin einmal gesagt hat. Rüdiger saß still da. Martin nahm es schwerer als er selber, dachte er.
Er fuhr mit hundert Stundenkilometern auf der rechten Spur.
Es war, als hätten alle Ängste, alle Gefahren, die Bitterkeit, als hätte all das nicht ausgereicht, jetzt aber veränderte sich die Weise, wie die Zeit verging, sie hörten beide den Motor und sahen, was sie hinter sich ließen, und alles war so fremd wie das Bild eines turbulenten und in seiner Ferne gleichsam stillstehenden Planeten.
Über die Landstraße näherten sie sich Calberlah.

Der Himmel war, obwohl es nicht mehr nieselte, bedeckt, es wirkte dunkler, als es war, das frische Laub der Bäume leuchtete gegen das matte Licht, um den Acker wuchs ein Kranz Brennesseln, die Ränder der Blätter fein gezackt wie eigens ausgeschnitten, sie hinderten aber niemanden, die Beete zu erreichen, mit einem großen Schritt stieg man darüber hinweg, auch die Schnecken bemerkten die Brennesseln nicht, sie schimmerten unbeschadet, hellrot und schwarz, krochen ihres Wegs, neue Schnecken, weitere Schnecken in unendlicher Farbenvielfalt, sie gesellten sich zu dem Rot der Früchte hinzu, zu dem Weiß ihrer aufgenagten Wunden, dem matteren Graurot der fauligen Stellen.

Die beiden Männer erreichten das Ortsschild. Calberlah.

Und jetzt? fragte Rüdiger unfreundlich.

Die Schnecken waren dem Tod entkommen, sie krochen, die Muskeln zusammenziehend, sich wieder ausstreckend, so lang sie konnten, dem Duft der Erdbeeren entgegen, wie rote Farbe ergossen sie sich aus dem Eimer auf ihr Ziel hin.

Am Himmel verschob sich der Lichtwinkel, indem sich ein Wolkenband zweiteilte, ein paar Sonnenstrahlen erreichten die Gärten vor Calberlah, der Ort selber blieb im Schatten. Um die Mittagszeit war kaum ein Mensch auf der Straße.

Die Fremden blieben auch unbemerkt. Keiner schaute aus dem Fenster. Langsam rollte der BMW an den Vorgärten vorbei, hielt an, aber es stieg niemand aus. Dann setzte sich der Wagen wieder in Bewegung, erreichte eine Abzweigung, die Häuser wurden dichter, es war nicht mehr weit bis zum Ortskern. Ein kleiner Junge saß auf dem Brett seines Rollers. Er hob den Kopf.

Eine Amsel flog auf und zwitscherte grell.

Dann sollten wir vielleicht wenigstens einen Blumenstrauß vorbeibringen, meinst du nicht? fragte Rüdiger höhnisch.

Martin reagierte nicht.

He, hörst du mich!? Hörst du überhaupt zu?

Wunder was erzählten Hilde und Wilhelm Weber über die Erdbeeren auf ihrem Acker, ihre erwachsenen Kinder schauten einander an und die Gesichter ihrer Eltern, die vor Begeisterung glänzten, als Großelterngesichter paßten sie aber und waren nicht länger nur unmäßig gealtert. Und Rachel fragte, ob es viele Erdbeeren sein würden und ob man sie in Körbe sammeln dürfe und auch gleich essen, dann holte Hilde den Entsafter heraus, es gab Topfeinsätze, Schläuche und Klemmen, mit denen Rachel spielte, allerdings spielte sie, während die Erwachsenen noch Kaffee tranken und sich unterhielten, Krankenhaus, behandelte die alten Kuscheltiere von Anton und Caroline chirurgisch, beatmete sie und legte ihnen Infusionen, es war ein großer Unfall gewesen, ein Lastwagen hatte einen Zirkuswagen gerammt, die Fahrzeuge waren ineinander geknäult wie zwei Kissen.
Dann half sie, die Sachen wieder in die Küche und zum Herd zu tragen.
Aber brauchst du denn für die Erdbeermarmelade den Entsafter? fragte Caroline vorsichtig.
Ja! rief Rachel, die half, alles wieder ineinander zu stecken.
Der Schlauch rutschte von dem kleinen Hahn, beim zweiten Versuch hielt er.

Die Fenster im Wohnzimmer waren weit geöffnet, auch Rüdiger hörte das Kind rufen, es spielte wohl, während die anderen aßen, es rief die Namen ins Eßzimmer, die Stimmen antworteten, wie heißt du? rief es aus dem Fenster, als es dort Martin entdeckte, der aus dem Auto ausgestiegen war, unbeweglich dastand, als könnte er doch etwas bewachen.

Vielleicht war Martin aber nicht gemeint gewesen, denn das Kind rief noch einmal: Wie heißt du? – rief es ins Innere des Hauses. Und eine Frauenstimme gab zur Antwort, Caroline heiße ich, ich bin doch Oma Hilde, rief eine andere Stimme, wo sind denn deine Schuhe, Rachel? rief ihre Mutter. Sie öffnete die Haustür, bückte sich und fand die Schuhe. Die Körbe sind schon auf dem Acker. Wir laufen doch, es regnet ja nicht. Die Erdbeeren, sagte jemand, jetzt blieb die Haustür offen, die Erdbeeren, rief jemand anders auch, das war Anton. Die Straße war so still, daß die Stimmen hallten. Das Kind braucht keine Jacke, wir pflücken Erdbeeren, aber schau doch zum Himmel, es kann jederzeit wieder anfangen zu regnen, schaut nur zum Himmel!

Sie gingen auf den Bürgersteigen zu zweit nebeneinander, Rachel lief abwechselnd zwischen Hilde und Lydia und neben Caroline, sie streckte Caroline dann ohne zu zögern ihre Hand hin. Die beiden Männer bildeten den Schluß, wie um die anderen zu sichern.
Nahm man einen kleinen Umweg in Kauf, konnte man von der Straße abbiegen in einen Feldweg, der mit einem Bogen auf die Vorgärten zulief und unweit des Waldrandes mündete, es waren dann zu Webers Garten noch etwa fünfhundert Meter.
Der Feldweg war feucht, ein paar Pfützen waren stehengeblieben, an einigen Stellen war durch den Schotter der Lehm sichtbar, es gab Stellen, an denen Anton und Caroline früher Lehm zum Kneten gefunden hatten, sie hatten Figürchen daraus gemacht und im Ofen gebacken, Hilde hatte ein paar davon aufgehoben.

Vereinzelt wuchsen alte Eichen am Wegrand, ein paar Pappeln gab es auch. Für die vorstädtische Umgebung war es ein fast ländlicher Weg, wenn man auch immer Häuser sah. Die Dörfer, ursprünglich geschieden, wuchsen allmählich zusammen.

Caroline hielt den Blick auf die zerzauste Wiese rechter Hand gerichtet, es blühte der erste Löwenzahn, Himmelsschlüsselchen blühten, weiße, extravagant aussehende Blumen auch, sie überragten die anderen um ein Weniges. Alles, dachte sie, war hier anders als in Amerika. Aber was genau anders war, fiel ihr nicht ein. Manchmal versuchte sie sich vorzustellen, daß sie zurückkehrte, nicht nur nach Deutschland, sondern nach Calberlah. Aber ihr war, als würde schon der Name die Rückkehr verbieten – wer hatte je von einem Ort namens Calberlah gehört? Sie stellte sich einen Moment die höflichen, verwirrten Gesichter ihrer amerikanischen Freunde vor. Was willst du dort? würden sie fragen. Was willst du hier? könnte sie zurückfragen.

Plötzlich fiel ihr Blick auf eine dicke schwarze Schnecke, sie zuckte ein bißchen zurück. Anton! rief sie und drehte sich zu ihm hin. Schau dir das an, so viele Schnecken, sagte sie leise. Hoffentlich sieht Rachel sie nicht.

Ihr Bruder stand neben ihrem Vater. Für einen Moment war es Caroline schneidend unangenehm, die beiden Männer nebeneinander zu sehen.

Das Kind war vorgerannt und kehrte zurück, bis zu den Männern, Anton breitete die Arme aus, er hob Rachel hoch und drehte sich mit ihr im Kreis, sie jubelte, strampelte sich frei, rannte zu ihrer Mutter. Noch mal! rief sie.

Sie trennten sich, es bedurfte kaum eines Satzes, hier? fragte Martin. Rüdiger nickte.
Martin zögerte einen Moment.
Aber er sagte nichts; Rüdiger behielt die Waffe.
Er konnte nicht länger warten. Das Auto stand nicht mehr als fünfzig Meter vom Haus entfernt. Martin ließ den Motor an.
Rüdiger ging auf das Haus zu.
An einer Abzweigung verfuhr sich Martin, bog nach rechts statt nach links ab, ihm war, als würde er zu spät kommen, er hatte, da sie als Letzte aus dem Haus ging, Hildes Gesicht nicht genau erkennen können, es war aber gerötet gewesen, sicher hatten ihre Augen voller Vorfreude geglänzt, das Kind rannte hinter ihr her, er fragte sich, ob sie noch Angst hatte wegen der Erdbeeren, ob sie jetzt ihrem Gedächtnis traute, wenigstens, was die Erdbeeren betraf. Es gab keine Versprechen, wenn man sich nicht erinnerte. Aber sie erinnerte sich noch, und er hatte ihr gesagt, er werde ihr helfen. Vielleicht ging sie rascher, wie er rascher fuhr im Auto, um mit eigenen Augen zu sehen, daß alles gut war.
Er parkte etwas entfernt, daß niemand auf das Auto mit dem Berliner Nummernschild aufmerksam würde. Er stieg aus, als könnte er ihr den Weg bahnen. Wer voran ging, war für die Sicherheit der anderen verantwortlich. Es gab, wenn ihnen etwas zustieß, keine Ausrede. Er mußte vorwegnehmen, was hinter ihnen geschehen konnte, auf der Wegstrecke, die er schon zurückgelegt hatte, und die den Schluß sicherten, handelten im Notfall. Der Notfall trat, wenn man umsichtig war, nicht ein.
Und Martin bewegte sich behende, über Gras und Brennes-

seln zu den sauber gehaltenen Reihen, zuversichtlich, und doch wurde er ein böses Gefühl nicht los, und er war hin- und hergerissen zwischen seinem Neid, denn die anderen gehörten zusammen, er war ausgeschlossen, er, der ihr zugehört hatte, der ihre Hand gehalten hatte, und trotzdem sorgte er sich um sie, er wollte ihr jeden Kummer ersparen, er wollte sehen, daß ihr Gesicht fröhlich blieb.

Und zwischen den beiden Gedanken, zwischen Neid und Sorge, rutschte er, nahe dem Birnbaum, aus, seine dicken Schuhsohlen hatten auf den glitschigen Körpern keinen Halt, ein ganzes Nest war da noch, wo die Leiber zu lange gebraucht hatten, sich wieder zu trennen, schwarze, rote, gelbliche, entsetzt schaute er zu Boden, und dann sah er, wie die Tiere zielstrebig auf die Pflanzen zugekrochen waren, sie saßen zwischen den Blättern und auf den Erdbeeren, umschlangen die Früchte, überall waren ihre Schleimspuren, er kniete nieder, um zu sehen, was die Schnecken taten, ihm war, als hörte er, wie sie die Früchte zerfraßen.

Dann richtete er sich wieder auf, angeekelt. Sie waren überall. An jeder Pflanze fast entdeckte er ihre Spuren. An seinen Schuhen haftete immer noch der Schleim. Er wollte ihn abstreifen, es ging nicht am Gras, er wollte zum Auto, um nach Taschentüchern zu suchen, er schabte mit den Füßen auf dem Boden, ungeduldig riß er ein Blatt ab, um die Schuhe abzuwischen.

Dann richtete er sich auf. Er hörte die anderen kommen. Hilflos schaute er sich um. Es gab nichts, was er hätte tun können.

Rachel rannte vorneweg, sie wollte die erste sein. Da, siehst du den großen Baum? Anton hob sie ein bißchen hoch und zeigte ihr den Birnbaum. Das ist der Garten von Oma Hilde.

Fast wäre sie ausgerutscht, sie fing sich aber wieder, sie juchzte, als sie ihre Mutter und Hilde überholte, Oma Hilde! rief sie jubelnd, ich esse jetzt alle Erdbeeren auf!

Darf ich schon? rief sie, rannte die Straße entlang, unsicher schaute sie zu dem Mann, der dort war, dann stieg sie über die Brennesseln, sie wußte, was Brennesseln sind, aber sie hatte ja lange Hosen an, feste Schuhe, ich kann durch die Brennesseln! rief sie dem Mann zu.

Sie lief zu den Erdbeeren, bückte sich, streckte die Hand aus.

Was war das? Wer war das? Warum hat das einer gemacht? Sie wandte sich fragend zu ihm, ohne noch überrascht zu sein, daß er da war. Da hat einer reingebissen!

Was ist das? fragte sie, wieder streckte sie die Hand aus, ließ erschrocken los. Klebriger Schleim blieb daran, sie wollte ihn abwischen, es ging aber nicht, sie streckte die Hand aus, so weit sie konnte, und fing an zu weinen.

Rüdiger stand in Carolines Zimmer, so, dachte er, mochte auch Lydias Kinderzimmer ausgesehen haben, mit hellen, geblümte Vorhängen und einem weißlackierten Bett, kaum etwas hatte sich verändert, seit Caroline ausgezogen war, und auf einer Kommode saß noch immer ein kleiner, dünner Teddybär, daneben eine Puppe mit langen roten Haaren. Das Bett war nicht gemacht, fast meinte er, Lydias Geruch wahrnehmen zu können, er beugte sich zu den Kissen

herunter, die Versuchung war groß, den Kopf darauf zu legen. Er schloß einen Moment die Augen.
Die beiden Alten schliefen in einem Zimmer. Hier war das Bett sorgfältig gemacht, die Überdecke glatt gestrichen. Er mochte das Parfüm. Die Flasche stand auf dem Nachttisch. Wie seltsam mußte das sein, nebeneinander zu schlafen, ohne Sex zu haben.
Ein Zettel lag auf dem Nachttisch, in etwas unsicherer Schrift stand da: Erdbeeren. Anton abholen. Aus dem Gefrierfach das Fleisch nehmen. Erbsen kaufen. Caroline ist da. Die letzten drei Wörter waren nicht lesbar, es war, als hätte sich die Schrift selbständig gemacht. Dann war wieder ein Wort lesbar. Nein, stand da. Nein.

Anton hatte die anderen überholt und war vorgegangen, er sah ihn sofort, nahe bei Rachel knien, er wollte rufen, wie das Kind dastand, sah merkwürdig aus, wahrscheinlich hatte sie Angst, und sein Herz fing an zu rasen.
Dann hörte er schon ihre Stimme, sie klang empört, sie redete auf Martin ein, warum haben die das gemacht?
Und dann: Ich will aber nicht, daß die Schnecken da sind!
Sie drehte sich um, hinter Anton kamen die anderen, Rachel rannte los, an Anton vorbei und auf ihre Mutter zu, stürzte sich in ihre Arme und fing an zu heulen, wütend, verzweifelt, die anderen standen erschrocken um sie herum.
Was ist los? fragte Wilhelm ärgerlich seinen Sohn. Wer ist der kleine Mann da?

Der Rückzug war immer die entscheidende Aufgabe gewesen. Sich in eine Situation hineinzubegeben, war kein Kunststück, den Befehl auszuführen, war meistens auch nicht so schwierig, aber wieder wegzukommen, ohne irgendeine überflüssigen Handlung wieder wegzukommen, ohne dem Wunsch nachzugeben, alles noch besser, noch sicherer zu machen, sich selber abzusichern, die anderen, das war das Kunststück, unsichtbar zu werden, sobald die Aufgabe erledigt war oder einzusehen, daß es nicht ging, daß man scheiterte. Tote gab es am ehesten beim Rückzug, auch auf der Gegenseite, weil irgendein Idiot die Nerven verlor oder sich wichtig machen wollte. Das war der Fehler. Auch wenn man nichts ausrichten konnte. Abzuhauen, als wäre man nie dagewesen, sich ungeschehen zu machen, fast so, als würde man die Zeit zurückdrehen.
Deswegen lebte er noch, weil er das konnte, deswegen war er nie in Schwierigkeiten geraten. Und man vergaß ihn. Sobald er weg war, dachte er, vergaß man ihn, darauf war er stolz gewesen. Er war selbst aus dem Libanon, aus irgendwelchen Dörfern voller Hisbollah-Kämpfer rausgekommen, ohne viel Aufhebens davon zu machen. Nie einen Hubschrauber verloren. Nie einen von den eigenen Leuten zurückgelassen. Rüdiger dagegen versuchte sich aufzuspielen, riß irgendeine Tür auf, erschreckte Leute, schoß in die Luft,
Jetzt würde er Rüdiger abholen. Er hörte das Mädchen weinen, es klang so verzweifelt, als wäre sein Zuhause zerbombt worden. Aber Kinder wußten es nicht anders. Sie übertrieben. Lydia hatte ihn noch nicht entdeckt. Martin warf noch einen Blick auf die Erdbeeren. Die Schnecken waren ekelhaft, hätte er die Pistole dabei gehabt, er hätte in einen der

langen, dicklichen Körper schießen wollen, nur um zu sehen, was dann passierte.
Als er sich zum Gehen wandte, sah er zwei Schneckenhälften daliegen. Er mußte lachen. Jemand anders war schon vor ihm dagewesen. Durchschneiden ging also.
Er war schon am Ende des kleinen Ackers, ein Weg führte in einem Bogen zurück zur Straße. Anton beobachtete ihn, die anderen waren mit dem Kind beschäftigt.
Später, wenn Anton und Lydia und die anderen weg wären, würde er wiederkommen. Auch wenn es dumm war, wiederzukommen. Er zertrat eine Erdbeere.
Die Sachen hatten sich für ihn auch verwirrt. Als er sich noch einmal umdrehte, sah er Hilde etwas abseits der anderen stehen. Ihr Gesicht konnte er nicht erkennen.

Ihre Fassungslosigkeit machte Caroline zornig, reiß dich zusammen, wollte sie ihr sagen, aber derlei sagte man zu seiner Mutter nicht, noch nicht, dachte sie plötzlich erschrocken und ging zu Hilde, Mutter, sagte sie freundlich. Das Gesicht wandte sich zu ihr und war verschlossen
Sie suchten die Reihen ab und pflückten, was noch eßbar schien, Wilhelm sagte kein Wort, es waren noch drei kleine Körbe voll. Lydia hielt sich mit Rachel ein bißchen abseits.
Wir schneiden die fauligen Stellen einfach weg, sagte Anton.
Sein Vater schwieg. Dann richtete er sich auf. Ich möchte nach Hause, sagte er.
Lydia versuchte noch immer, den Schneckenschleim von Rachels Hand zu wischen. Nein, sagte sie schließlich, ohne Seife geht das wirklich nicht. Und jetzt hör auf zu weinen.

Mit der Hand strich er über die Bettdecke, die mit kleinen Blumen bestickt war. Dann kletterte er aus dem Fenster, es öffnete sich auf ein Vordach, die Ziegel waren aber feucht, er rutschte aus, glitt ein Stück auf dem Rücken, hielt sich an der Regenrinne fest. Seine kindischen Eskapaden, die nur durch schieres Glück, wie ein Offizier ihm zu Anfang gesagt hatte, niemanden das Leben kosten würden.
Vor dem Haus lag ein kleiner Igel aus Stoff, den wahrscheinlich Rachel vergessen hatte.

Wie sie nach Hause gingen und sich als Besiegte fühlten – vom fröhlichen Aufbruch war nichts geblieben. Anton und Lydia hielten sich an der Hand, Rachel schmiegte sich an ihre Mutter, es war, dachte Lydia, kein Unglück geschehen, so war es noch schwerer zu trösten. Das ist gemein von den Schnecken, sagte Rachel leise, das ist aber gemein.
Caroline hatte den Arm ihres Vaters genommen.
Durch den dünnen Mantel spürte sie nichts.
Sie dachten, daß Hilde hinter ihnen ginge, keiner drehte sich nach ihr um, sie hatte mit einer Handbewegung die anderen fern gehalten, in der anderen Hand trug sie einen Korb, der Geruch störte sie plötzlich, die Erdbeeren rochen aufdringlich, sie mußte stehenbleiben und sah, wie sich die anderen weiter entfernten.

Er bildete sich ein, den Geruch von Fäulnis wahrzunehmen, so, als würden die Schnecken selbst stinken, als wären sie die Boten einer verdorbenen Welt. Hilde war hinter den anderen zurückgeblieben. Er hörte die jammernde Stimme des Kindes. Das ist gemein! rief sie noch einmal. Dann entfernte sich auch Hilde, und die Stimmen verklangen, er mußte sich beeilen und Rüdiger abholen, bevor Webers nach Hause kamen.

Die Gläser, dachte Caroline, könnte sie wegräumen, bevor ihre Mutter die Küche betrat, und wenn etwas an dem Vergessen gnädig war, dann würde sie vergessen, was sie vorgehabt hatte, man könnte rasch in einem Laden noch Erdbeeren kaufen, man konnte noch alles rückgängig machen, so wie jede Abreise, jede Reise, jede Entfernung, die sich eben in zwei Richtungen zurücklegen ließ, und ob man das als Niederlage empfand oder nicht, war doch auch eine Entscheidung. Nichts ist zwangsläufig außer dem Tod, sagte plötzlich ihr Vater, als hätte er ihre Gedanken gelesen. Vor ihnen ging ihr Bruder. Nur das Kind gab nicht auf, es stampfte, es stampfte mit dem Fuß auf und ließ sich nicht abspeisen.

Am Schluß ging ihre Mutter.

Caroline drehte sich zu ihr, sie sah aber nicht viel, denn obwohl ihre Blicke sich wohl kreuzten – die Entfernung war zu groß, um es genau wissen zu können –, zeigte ihre Mutter kein Erkennen.

Es war, dachte Caroline, ein mißlungener Besuch.

Du bist zu früh gekommen, sagte plötzlich Wilhelm. Wir brauchen dich erst später.

Kaum eine Stunde war vergangen, als sie ihr Haus wieder erreicht hatten, sie gingen hinein, ohne viel Worte zu machen; Lydia und Rachel verschwanden im Bad, es war schwer, den Schneckenschleim abzuwaschen, in der Küche räumte

Caroline die Gläser weg, als ihre Mutter hereinkam und sagte, ich mache keine Marmelade mehr, ich bin zu alt dafür. Wilhelm ging mißtrauisch durchs Haus, wir haben das Fenster offen gelassen, rief er, das ist gefährlich, jeder kommt ins Haus!
Es ist ja keiner da, erwiderte Anton tröstend, er fühlte sich aber nicht wohl dabei.
Ich mache keine Marmelade mehr, wiederholte Hilde und stellte den großen Topf auf den Fußboden, für einen Augenblick sah sie fröhlich aus. Komm! sagte sie zu Rachel, die aus dem Bad gerannt kam. Wir schauen in der Speisekammer nach, ob es nicht Kekse und Schokolade gibt!
Die Geschwister, sah Lydia, standen nebeneinander, gegen das Nachmittagslicht wirkten sie beide sehr groß, sie drehten sich mit einemmal um, es war, so kam es Lydia vor, das gleiche Lächeln, mit dem sie ihr zulächelten, ein bißchen bekümmert.
Gleich fahren wir, sagte ihr Anton.
Lydia nickte. Rachel ist gerne hier, sagte sie. Dann fügte sie hinzu: Caroline nehmen wir aber mit.
Mami! hörten sie plötzlich Rachel. Sie kam herbeigestürmt, das Gesicht voller Schrecken, die rechte Hand blutete.
Was ist denn passiert? Lydia fand einen kleinen Schnitt. Was hast du denn gemacht, mein Herz?
Da war noch Schleim, weinte Rachel, von den Schnecken, den wollte ich abkratzen!
Mit dem Messer?
Er geht nicht ab, Mami!

Der Himmel hatte sich zugezogen, dann riß er wieder auf, der blaue BMW bremste scharf, ein kurzer Wortwechsel zwischen den beiden Männern brach ab, Martin stieg aus, Rüdiger rutschte auf den Fahrersitz; Martin ging zu Fuß, er ging sehr langsam dahin zurück, woher er eben erst gekommen war.
Anton und Lydia packten ihre Sachen, der kleine Igel lag inzwischen unter dem Sessel, sie suchten, fanden ihn aber nicht, Rachel war müde, Lydia setzte sie in ihren Kindersitz im Auto, da schlief sie ein, bevor sie losfahren konnten, und mit einer leichten Tasche kam Caroline herunter aus dem ersten Stock, ich bleibe nur ein paar Tage bei Anton, sagte sie ihrer Mutter, dann komme ich wieder zu euch zurück.
Sie standen an der Tür und winkten. Wilhelm ging dann in den Garten, er wollte nicht ins Haus. Hilde räumte die Messer weg. Das Silber mußte dringend geputzt werden. Sie setzte sich an den Tisch.
In der Schublade waren ein Tuch und eine kleine Flasche. Von der milchigen, scharf riechenden Flüssigkeit tat sie etwas auf das Tuch und fing an, die Griffe zu polieren. Die dunklen Flecken gingen leicht weg.
Als alle Messer glänzten, stand Hilde auf.

Auf dem Acker lagen drei Körbe verstreut, wo Rachel sie hatte liegenlassen, auf dem kleinsten kroch eine Schnecke.
Jetzt waren alle abgereist, Anton und Lydia mit dem Kind, die Schwester wahrscheinlich auch, Rüdiger fuhr zurück nach Berlin, die Tage gingen weiter, und bald würden die Erdbeeren vergessen sein, ihre Zeit war um, man müßte daran nicht mehr denken. Dann würden andere Tage kom-

men, und er würde Lydia und Anton nicht wiedersehen, dachte Martin, und er dachte, daß seine Zeit mit Rüdiger jetzt auch vorüber war, nichts weiter als eine Geschichte, die ihr Ende hatte wie jede andere Geschichte auch. Es kam ihm vor, als wäre es sehr still, er schaute sich um.
Vielleicht war Antons Mutter nicht einmal traurig, daß es keine Erdbeeren gab, jetzt, da alles entschieden war.
Er bückte sich.

Als sie den Acker erreichte, war sie müde. Es sah noch aus wie vorher.
Sie bewegte sich nicht. Für einen Moment mußte sie die anderen aus den Augen verloren haben. Wenn sie lauschte, konnte sie ihre Stimmen hören. Am Sonntag waren sie früher auch spazieren gegangen, jeden Sonntag, auch in ihrer Kindheit, als ihre Eltern noch lebten.
Auf dem Acker stand noch der kleine Mann. Er stand, als wäre er an einem Stecken festgebunden, wie eine Vogelscheuche, er trug einen Mantel. Ihre Mutter hatte die Vögel ausgeschimpft, wenn sie die Kirschen fraßen.
Jetzt hörte Hilde die Vögel zwitschern, sie zwitscherten in den grau bedeckten Nachmittag.
Der Mann war unheimlich, jetzt bewegte er sich auf sie zu. Er ging sehr klein, so wie das Bucklicht Männlein, man mußte für ihn beten.
Da sind Sie ja, sagte er zu ihr. Sie war, fiel ihr ein, wegen der Erdbeeren gekommen.